# 天使の誘惑

## ◆主要登場人物

レベッカ・ブラケットグリーン……法学助教授の研究助手。愛称ベッキー。
ルパート・バート……法学助教授。
メアリー・バート……ルパートの妻。
ベネディクト・マクスウェル……エレクトロニクス会社のCEO。愛称ベン。
ゴードン・ブラウン……ベネディクトの異父弟。故人。
ジェラール・モンテーヌ……ベネディクトの伯父。
フィオナ・グリーヴズ……大学の学長秘書。

# 1

レベッカは講堂のなかをざっと見まわしてから、ルパートと並んで最前列に座った。席はほぼ埋まっている。「本当にたいへんな人気ですね」

「そうだろう？　しいっ、来たよ」

畑違いの人類学の講演を聞きに来たのは、彼女が助手を務める助教授ルパート・バートに勧められたからだった。今夜の講演者ベネディクト・マクスウェルがバート夫妻の学生時代の友人だという。

「みなさん、こんばんは。今夜はこんなにたくさんお集まりいただいて光栄です。わたしの数年間にわたる研究の成果が、みなさんのご期待に添うものであれば幸いです。わたしの話が退屈だと思われたら、退席してくださってもかまいません」

退屈するわけがないわ。たとえ内容が理解できなくても、このすてきな声を聞くだけでうっとりしていられるもの！　そう思ってレベッカが顔を上げたとたん、ベネディクト・マクスウェル本人と目が合った。彼はすぐに隣のルパートに視線を移したが、濃い金褐色の瞳は鮮烈な印象を残した。この人は一瞬にして女性の心を奪う力を持っているみたい。彼女は息がとまり、心臓も打つのを忘れているような気がした。こんなことは初めてだ。

そのとき、レベッカははっとしてすみれ色の瞳を見開き、かすかに唇を開いた。わたしはこの人を知っている！　そんなはずはないのに、魂の奥のどこかから彼を知っているという声がする。どうしてなの？　彼のすべてがこんなにも懐かしいなんて……。

ばかげていると理性が否定した。それでも体が勝手に熱くなってくる。思わずかすかに首を横に振ったが、これでは彼の魅力のとりこになりつつあることを認めないわけにはいかない。

彼は緊張した様子もなく演壇の中央に立っていた。背丈は百八十センチくらいだろうか。広い肩幅、厚い胸、引き締まった腰、驚くほど長い脚。仕立てのいいツイードのジャケットと高価そうなパンツに包まれた体には脂肪は一グラムもついていないだろう。

ベネディクト・マクスウェルは六年前にアマゾンでフィールドワークを始めたと語った。それから一年後に滝に落ち、それを目撃したガイドとポーターによって死を報じられたが、未知の部族の人々に助けられて奇跡的に命を取りとめ、一年前にようやく帰国を果たしたという。

フィールドワークは結果的に五年に及び、来週、その成果をまとめた学術書が出版されるらしいが、その本は人類学に無縁の読者もたくさん獲得するに違いない。たとえ彼が体

ハーレクイン文庫

# 天使の誘惑

ジャクリーン・バード

柊　羊子 訳

HARLEQUIN BUNKO

GUILTY PASSION

by Jacqueline Baird



Published by Harlequin Japan, a Division of K.K. HarperCollins Japan, 2023

験したことの半分しか書かなくても充分のはずだ。彼の言葉は聞く者の心をつかんで放さず、魅力的な声は聞く者の脳裏に鮮明な光景を描き出し、唇をかすかにゆがめるだけでその主張は深く印象づけられた。

ほとんど無名だった彼が彗星《すいせい》のごとく登場して人類学界を根底から揺さぶっているのだから、保守的な研究者はさぞ嫉妬《しっと》の炎を燃やしていることだろう。だが、彼は学界の批判をものともせず、南米大陸の先住民族とその文化に関する調査の成果を講じ、彼らの生活を侵害しないためにも熱帯雨林の保護に世界の目が向けられる必要があると強調して、各国の指導者が問題の解決に努めてくれることを望むとつけ加えた。

レベッカも同じ意見だったが、もしそうでなかったとしても、この人を目の前にしていたら、それだけでたちまち賛同したことだろう。

黒い髪は少し長めで、毛先がジャケットの襟に触れている。一つ一つの要素を厳密に見れば完璧《かんぺき》なハンサムとはいえないが、広い額も黒く濃い眉も高いかぎ鼻と角張った顎も、危険な魅力を放っている。全体がもたらす印象は圧倒的なエネルギーと決断力だが、瞳は本当に美しい……。

二時間があっという間に過ぎ、レベッカもほかの聴講者とともに立ち上がって拍手を送ったが、そのとき、ふと彼が金褐色の瞳を向けたように感じた。密林の美しい豹《ひょう》――レベッカがそんな連想をした間に彼は気難しげに眉をひそめて視線を移していた。

「優秀な方ですね。本当にすばらしいわ」彼女が興奮したまなざしをルパートに向けると、彼はくしゃくしゃの灰色の髪を揺らして笑った。ルパート・バートはレベッカの父が病に倒れたとき、彼女を研究助手として雇ってくれた。そればかりか、数カ月後に父が亡くなって家を売ってからは、夫妻が自宅の部屋を下宿として提供してくれている。

ルパートはレベッカの肩に腕をまわした。「おいおい、きみもかい？　ベンが講演に来ると聞いてからメアリーは有頂天だが、どうやら、きみまで彼にほれ込んでしまったみたいだね」

レベッカはベネディクト・マクスウェルに惹《ひ》かれたという事実を打ち消すように首を振って笑った。「いやだわ、メアリーの目には先生だけしか映っていないのはご存じのはずなのに。いえ、今はジョナサンと二人だけね」

「まあね」ルパートは満足そうにほほ笑んだ。ジョナサンは夫妻が結婚十年目にして授かった初めての子供だ。先週生まれ、メアリーは昨日退院したばかりだった。「悪いが、先にパーティー会場の学長室へ行って、僕が少し遅れると断っておいてくれないか？　メアリーに電話を入れてから行きたいんだ」

「わかりました。わたしからもよろしく」

レベッカは中庭を横切って大学本部の建物に入り、学長室のドアの前まで来たところで、不意に踵《きびす》を返して化粧室へ向かった。

胃のあたりが落ち着かないのは消化不良のせい？　嘘《うそ》よ。本当はベネディクト・マクスウェルと顔を合わせるからだわ。落ち着かなければだめよ、レベッカ。彼女は自分に言い聞かせて洗面台にバッグを置き、鏡に映る自分の顔を見た。

本当にこれがわたしなの？　頬は赤いし、瞳は熱に浮かされたようにきらめいている。彼女は冷たい水を何度も頬にたたきつけ、長いまつげにマスカラを足して唇にピンクのグロスをつけ、もう一度鏡のなかの顔をのぞき込んで、重いため息をついた。

一生懸命に勉強し、教養も深めてきたつもりだ。希望した大学を卒業して法学を教えるルパート・バート助教授の研究助手という仕事も得た。それなのにせいぜい十七歳にしか見られないことが情けなかった。原因はわかっている。百五十二センチの身長と華奢《きゃしゃ》で女性的な体型、大きなすみれ色の瞳、それに今はシニヨンにまとめてあるが、長い黒髪が手に負えない癖毛であるせいだ。そのとき、ロリータという言葉が脳裏にちらつき、思い出したくない記憶にレベッカは瞳を曇らせた。

いくら直線的でゆったりしたデザインのブルーのシルクのワンピースを着ていても胸や腰の線は隠せない。これでは、まともな大人の男性は目を向けないわ。もし向けたとしても相手にしないだろう。

パーティー会場に入ったレベッカは部屋の隅に立ち、まわりの人々の会話に耳を傾けるふりをしながら、中央でオックスフォードの学者たちに囲まれているベネディクト・マクスウェルを見ていた。主催者の学長にルパートが遅れると断ったときにそばまで行ったが、そのときから学長秘書の背の高い赤毛のフィオナ・グリーヴズが彼にぴったりと寄り添っているのが気になって仕方がない。

レベッカはフォスター学長から簡単に紹介され、ベネディクト・マクスウェルが儀礼的に挨拶《あいさつ》をする間、何も言えずに立ち尽くしていた。社交的な笑みを口元に浮かべてはいたものの、彼はほとんど不快ともいえる表情をして、すぐにフィオナとの会話に戻った。それでがっかりして引き下がり、今も離れたところから見つめるのをやめられないでいる。

「レベッカ、そんなところに隠れているなんてきみらしくもない。ベネディクトに紹介するよ」

レベッカはルパートの声に飛び上がり、近くの窓枠にグラスを置いておずおずと進み出た。恰幅《かっぷく》のいいルパートの隣にベネディクトと学長とフィオナが立っている。すでに紹介を受けたと言おうとしたとき、ルパートが彼女の肩を引き寄せた。

「こちらはレベッカ。僕の研究助手だ。灰色熊《ぐま》を覚えているだろう、ベン？　お嬢さんだよ。お父さんに引けをとらない優秀な人だ」

「灰色熊ですって？」ルパートったら、何を言いだすの？　今は穴があったら入りたい気分なのに。どうしてこんなにもベネディクト・マクスウェルに惹かれるのか、自分で自分の気持ちがわからない。

ルパートは笑った。「失礼、ベッキー、きみのお父さんのニックネームなんだよ」

彼女がなんとか笑顔を作ったとき、ベネディクトが振り向き、ライオンを思わせる瞳でじっと見た。

「ブラケットグリーン教授のお嬢さん?」

レベッカは、なぜかベネディクトの声に驚き以外の何かがまじっているような気がした。

「父をご存じなんですか?」

「講義を受けました。最近亡くなられたそうで」ベネディクトは瞳を伏せた。「お悔やみ申し上げます。愛する人を失った気持ちはよくわかりますよ」

深みのある音楽的なその声ににじむ同情を聞き取り、レベッカは頭にあった小さな疑問を忘れて、危険な魅力にあふれる顔を見上げた。

「ありがとうございます」

ベネディクトは彼女の頭のてっぺんから爪先まで、明らかに異性としての関心が含まれた視線を走らせた。レベッカは初めに紹介されたときに無関心だった理由を彼に問うことをやめ、その視線にひたった。

ベネディクトは彼女にシャンパンを勧め、話を続けた。豊富な話題、楽しい会話。ときには肩に手さえ置く。レベッカはすっかり夢心地だった。

そのうちに、ベネディクトはジョナサンの写真を見せたくてたまらないルパートに水を向けた。「ところで、今夜はメアリーは？」

ルパートは大喜びで子供の誕生について語った。「そんなわけでメアリーはまだ息子を置いて出かけられないから、代わりに住み込みの僕の助手に来てもらったんだよ。こんなにちっちゃいけれど……」彼はレベッカの頭をぽんぽんとたたいた。「なかなかの闘志の持ち主で、去年、オックスフォードを二科目最優等で卒業した。おおいに助けられてるよ」

「ルパートと一緒に住んでいるのかい？」ベネディクトの声が微妙な響きを帯びた。

「いいえ……いえ、そうなんです」レベッカは慌てて説明の言葉を探した。なんとしても彼に誤解されたくなかった。夢のようにすてきな人に出会ったら、女性はみんなこうなるのかしら？「バート先生ご夫妻のお宅に下宿させていただいてるんです。父と住んでいた家を売って小さなフラットを買おうかと思っていたんですけれど、メアリーが、赤ちゃんも生まれるし、部屋を提供するから下宿して手を貸してほしいと言ってくださったので」そう話す間も金褐色の瞳から視線をそらすことができなかった。

彼はほほ笑んだ。「わかったよ、レベッカ」

レベッカはほっとすると同時に、手を伸ばして彼の唇に触れたいと感じている自分に気づいた。どうしてそんなふうに感じるのか見当もつかない。

ベネディクトが顎に指をかけてそっと上向かせた。「ここは騒がしすぎる。ミス・ブラケットグリーン、きみのことをもっとよく知りたいんだ」

　何が起きたのかよくわからないうちに、気がつくとレベッカは大きな張り出し窓の隅に立っていた。目の前にベネディクトがいる。

「さあ、聞かせてくれないか、レベッカ、オックスフォードを優秀な成績で卒業したばかりの若い女性の抱負を。まさか、ずっとルパートの研究助手でいたいわけではないだろう？」

「大学を卒業するまでは、ノッティンガム大学で一年間、教育学の課程をとって教師になるつもりでいたんです。でも、父の具合が悪くなったので家に残ることに――半年後に父は亡くなったけれど」驚いたことに、レベッカは自分のことを素直に語っていた。ノッティンガムへ行かずに父の看病をしたことは後悔していない。そうしなかったら父の死という現実を受け入れるのはずっと難しかっただろう。

「それで、今は？」ベネディクトは静かに尋ねた。

「予定より一年遅れたけれど、九月から教職課程をとるつもりです。それで、ハイスクールで歴史とフランス語を教えられるといいんですけど」

「ずいぶんささやかな野心だね。きみほどの……」ベネディクトは語尾を引き伸ばした。「資質の持ち主にしては」彼の言葉が学業のことだけをさしていないのは明らかだった。まなざしが移ろい、肩に置かれていた手がほっそりしたうなじにまわされる。

レベッカはその手のぬくもりに体を震わせ、頬を染めたが、胸にわいた憤りに頬をさらにほてらせた。教師という仕事を軽んじているような口ぶりは心外だった。彼はそういう人でないと思っていたのに。

「驚いたわ、ミスター・マクスウェル。あなたのように学識豊かな方のお言葉とも思えない」文学部を卒業して哲学博士号を取得した彼が数学でも最優等をとったという話はルパートから聞いている。「教職を即物的な野心に欠ける者がつく仕事のように考える最近の風潮には納得できないわ」レベッカは顔を上げ、ベネディクトの顔に浮かんだ面白そうな表情にはっとした。「むきになって抗議するのはおかしいとお思いでしょうけど、実は、もっと現実的な利益をもたらす仕事についたほうがいいと忠告されたのは初めてではないの。シティーで働くべきだとか、事業を始めるとか。ニューヨークのチェースマンハッタン銀行からも誘いがあったくらい……」

ベネディクトが笑いだし、彼女は口をつぐんだ。「驚いたよ、レベッカ。一見クールに見えるのに、きみは小さな爆弾だったんだね」

レベッカは真っ赤になった。うなじにまわされた手にそっと愛撫《あいぶ》されて怒りも忘れ、背筋に熱い震えが走るのを覚えた。

「ごめんなさい。少し言いすぎたかもしれないわ。あなたが経験して成し遂げていらしたさまざまなことに比べたら、わたしの志なんて退屈に思えて当然ですもの」

「いや、僕の言ったことで気を悪くしたのなら、僕も謝るよ。そんなつもりはなかったんだ。教師は立派な仕事だと思うし、まして退屈だなんて思うわけがない。きみのことが知りたくてたまらないのに」

レベッカは半信半疑で彼を見た。嘘を言っているようには思えない。金褐色の瞳は熱っぽくかげり、そのまなざしが彼女のほてった顔をさまよってから、やわらかなシルクに包まれた胸元へ移ると、レベッカはうろたえた。

「きっといい先生になるだろうな。男子生徒には手こずるかもしれないが」

「わたしが小さいから？」レベッカはがっかりした。身長のことではいつもルパートにからかわれている。

「いや、きみのプロポーションは完璧だ。だが、若く見えるから男子生徒が恋をしてしまうだろう」

「わたしは二十二歳よ」

ベネディクトはうなじの手を肩に戻してそっと揺すった。「気を悪くさせるつもりはなかったんだよ。ただ、三十四歳ともなると、二十代の人はとても若く思えてね」彼はレベッカを引き寄せた。「だが、若すぎるわけではない……許してもらえるかな？」

レベッカは彼のたくましい体を意識せずにいられなかった。ジャケットの上質なウール地に胸が触れたとたん体が反応し、思わず息をのみ、目を見開いて彼を見つめた。無意識にジャケットの胸に手を置くと、指先にしっかりとした心臓の鼓動が伝わってくる。許さないわけがないわ。たとえあなたが殺人者だとしても。

「ええ」彼女は答えた。体の奥でもう一人の自分が彼のまなざしに含まれるメッセージを受けとめている。

ベネディクトは胸に置かれた小さな手を取り、てのひらに口づけした。「きみも僕と同じ気持ちでいると思うけど……」

こうしていると金褐色の湖に吸い込まれてしまいそうだ。レベッカはうっとりと彼を見つめた。すみれ色の瞳が深い紫に輝き、唇がかすかに開く。

「今、ここではだめだ。レベッカ、明日の夜、一緒に食事をしよう。七時に迎えに行く」

「ええ」レベッカ――わたしの名前も彼の声で呼ばれるとなんてすてきに響くのかしら。かろうじて声を出し、唇を近づけてくる彼を待つ。唇が触れ合った瞬間、熱い炎が野火のように体に広がった。

「残念だが、会場をまわってこなければ。今夜はこれで失礼するよ。でも、明日会うまで僕を忘れないでくれ」彼は長い人さし指でレベッカの顎を持ち上げてほほ笑んだ。「そんな顔をしないで、レベッカ。僕は毅然《きぜん》としている女性が好きだよ」ウインクをして彼は歩み去った。

ぼんやりと笑みを浮かべたまま、どのくらいそこに立っていたのだろう？　何人かの女性がわけ知り顔でほほ笑むのに気づいたが、そんなことはどうでもよかった。わたしは今夜、初めて出会ったベネディクトに恋をしてしまったのだ。

「おいおい、そんな顔をして、まるでベンに魂を奪われちゃったみたいだな」

ルパートの声で我に返り、レベッカはベネディクトを追っていた視線を助教授に向けた。

「わかります？」

「かなりはっきりね。ただ、ベネディクトは初めての恋の相手にふさわしい種類の男ではないよ」

「わたしは子供じゃありません。そんなことくらいわかってるわ」レベッカは苦笑いしてみせた。「明日の夜、ディナーに誘われたんです」

「そうか。取り返しのつかないことになる前にメアリーと話したほうがいいよ。ベンのことなら僕より彼女のほうが知っている。学生時代からの友達だからね。彼は複雑な男で、はっきり言って、きみの手に負える人間じゃない」

「どうもご親切に。人の自信をあと押しするのがお上手ですこと」レベッカは皮肉を言った。

ルパートは困惑した表情で灰色の髪をかき上げた。「ベッキー、わかるだろう？　気をつけろと言ってるだけだよ。さあ、そろそろ引き揚げよう」

レベッカはあたりに視線をさまよわせ、ベネディクトを見つけて顔を輝かせた。ベネデイクトも気づいて視線を返し、肩をすくめて〝明日〟と読み取れるように唇を動かす。レベッカはほほ笑んでうなずき、最後にもう一度彼を見つめてからルパートに続いて学長室を出た。

六月初めのオックスフォードの町並みは美しい。だが、これほど美しく見えたことはないとレベッカは思った。学生たちは試験を終え、古い町には若者の活気あふれる声と歓喜が満ちている。夕日が大学の古びた石造りの建物を温かく輝かせ、それを見るレベッカの胸を躍らせた。

十分ほど歩いたところにある褐色の石造りのテラスハウスが彼女の目下の住まいだった。

家に入ったレベッカは、ベネディクトの講演の話を聞きたいというメアリーに請われてキッチンのテーブルについた。ココアを飲みながら努めて冷静に話していたつもりだったが、やがてメアリーがカップをテーブルに置き、鋭い瞳で彼女を見つめた。

「レベッカ、アマゾンの熱帯雨林の保護の話はもういいわ。何があったのか話してちょうだい」

レベッカは背筋を伸ばして椅子に座り直し、苦笑を浮かべた。メアリーにも見抜かれてしまうなんて。

「ベネディクト・マクスウェルと出会ってしまったの」嘘をつくのは苦手なので、率直に答えた。

「まあ！　ベンだったのね、あなたの美貌《びぼう》を輝くばかりのものに変えた犯人は。こんなこともあろうかと警戒しておくべきだったわ。ベンは学生のころからその手の影響力を持つ人だったから」

「そのころから知り合いでいたかったわ」学生のころのベネディクト。子供のころのベネディクト。自分と会う前の彼のことを考えると胸に複雑な思いが渦巻く。これは嫉妬？　いいえ、違う。一瞬のうちに心を奪われたせいで、彼のことを知りたいと思う気持ちが強いだけなのよ。「ベネディクトのことを教えて、メアリー」レベッカはそう言ってから、胸に浮かんだ恐ろしい考えに体をこわばらせた。メアリーが彼の恋人だったとしたら？　こんなに美人で背が高く、きれいなとび色の髪ときらめくブルーの瞳の持ち主なんだもの。二人が並んだら似合いのカップルだわ。

　メアリーがレベッカの考えを読み取って笑った。「違うわよ。彼はわたしのボーイフレンドじゃなかったわ。仲よくしていたグループの一員だったの。実際、教えてと言われても、どう答えたらいいのかわからないわ。卒業してからはクリスマスカードのやり取りくらいしかしていないし。彼はずいぶん変わったみたいね。昔はシャイな人だったけれど」

「シャイな？」レベッカは驚いた。今の彼からは思いもつかない言葉だ。

「そう。まあ、厳密にいえば適切な表現ではないわね。〝なかなか打ちとけない〟といったほうがいいかしら」メアリーの口元に懐かしそうな笑みが浮かんだ。「でも、二年の学年末試験のあとのパーティーで、ベンが酔っ払ったのを一度だけ見たわ。彼はひと晩じゅう話していた。十歳のときにお父さまが亡くなって、そのあと一年もたたないうちにお母さまが再婚したので寄宿学校に入ったと聞いたのはそのときよ。十二歳のとき弟が生まれたんですって」

レベッカの胸は痛んだ。父を失い、寄宿学校へ追いやられた少年。九歳で母と死に別れたレベッカには彼の寂しさが痛いほどわかった。

「ベンは複雑な人だったわ。お母さまが再婚したのは、弱くて男性の支えが必要だったからだと言っていたけれど、わたしには自分が支えになれなかったことを負い目に感じているように思えた。彼は若すぎて理解できなかったんでしょうけれど、たぶん、お母さまには一人で眠る寂しさを埋めてくれる人が必要だったのよ。いずれにしても、彼が自分のことを話したのはそのときだけよ。だから、いい友人だという以外、話してあげられることがないの」

「ありがとう。充分だわ。それだけうかがえただけでうれしくて」レベッカは瞳をいたずらっぽく輝かせてほほ笑んだ。「あとは明日の晩、彼と会うから、自分で探ってみるわ」

「なるほど。あなたが関心を持っているのは彼の精神だけで、あのすばらしい外見ではないわけね」メアリーがからかい、二人とも吹きだした。笑いがおさまると、彼女はレベッカの手を取った。「気を悪くしないでね。あなたがどれほど優秀な人かはわかってるわ。

でも、恋愛となると経験豊かというわけではないでしょう？　ベンはずっと年上よ。あなたが傷つくのを見たくないの。取り返しがつかないことをする前に、これはただのあこがれとはわけが違うということを自覚してほしいの」

レベッカはメアリーの手を握った。「男性に対してこんな気持ちになったのは初めてなの。なぜか、彼がわたしの運命の人だとわかるのよ。傷ついたとしても、それはそれで仕方のないことだわ」

あとになってこの言葉の真実を痛感することになるとは思いもよらなかった。

## 2

ベッドの上の服の山を見て、レベッカはため息をついた。三十分もしないうちにベネディクトが迎えに来るというのに、まだ着る服が決まらないなんて。

土曜日なのだから、服を買いに出かければよかったのよ。ゆうべの出会いを思い出しながらバスタブにゆっくりつかったり爪の手入れをしたりして時間をつぶさないで。学生時代の服に去年一年で買い足したものだけではワードローブが貧弱だということに、どうして気づかなかったの？

でも、なんとかしなくては。

レベッカは最後に残った服を手に取った。ジョナサンの洗礼式のために買っておいたばら色のシルクのスーツだ。彼女は少し迷ってからカバーをはずした。いいわ、必要ならまた買えばいいんだもの。

レベッカはキャミソールと膝丈のタイトスカートを身に着けた。ブラジャーを着けることはできないが、半袖《はんそで》のジャケットを脱がなければ問題はない。ジャケットのウエストのボタンをとめて大きな鏡で全身のバランスをチェックしてから、唇に服の色に合う淡いピンクのリップグロスをつけた。

これで百回目かもしれないが、もう少し背が高かったらどんなにいいか、と思いながら紺の中ヒールのサンダルを履いた。十センチくらいのハイヒールを履けばいいのだろうけれど、一度試して足首をくじいて以来、それはあきらめている。

それでも、ベネディクトが毅然《きぜん》とした女性が好きだと言ったことを思い出して自分を慰め、今度は髪に目をやった。両サイドを上げ、金色のコームでとめて後ろに流してみたが、アップにしたほうが大人っぽく見えるかもしれないと思ったとき、玄関のベルが鳴った。

もう間に合わないわ！　レベッカは胸をどきどきさせながら口紅をつかんで小さな紺のクラッチバッグに入れると、急いで部屋を出た。

走ってはだめ。ゆっくり歩くのよ。自分に言い聞かせて無理に足取りをゆるめる彼女の耳に、再会を喜び合うメアリーの声と低く響くベネディクトの声が聞こえてくる。階段の半ばで彼の姿を目にすると、あとは転がり落ちそうになりながら下りていった。

ベネディクトが素早く近づいて腕を取った。「落ち着いて、レベッカ」

落ち着けるわけがないわ。彼への思いがこんなにも強いことに気づいて自分でも怖くなるほどだ。

ベネディクトはシルバーグレイのスーツに淡いブルーのシャツを着ていた。グレイとブルーのストライプのネクタイが日に焼けた喉元へとまなざしを誘う。「こんばんは、ベネディクト」

「きれいだよ、レベッカ。髪はいつもこうしておいてほしいな、僕のために」彼は波打つ黒髪に手を差し入れ、肩を覆うように広げた。その手を胸元まで滑らせ、レベッカの体を喜びに震わせる。

「わたしはお邪魔のようね。いってらっしゃい。ベン、あまり遅くまで彼女を連れまわさないでね」メアリーの声に、レベッカは我に返った。

「心配いらないよ、メアリー。ほかのボーイフレンドと違って、僕はちゃんと送り届けるから」

ほかのボーイフレンド？　その口調にレベッカはなぜか皮肉な響きを感じたが、ウエストに腕をまわされたとたん、まともに何も考えられなくなった。彼にエスコートされ、興奮を抑えながら車のやわらかな革張りの助手席に乗り込む。メルセデス・ベンツのトップクラスの車種だと気づいて、彼女は驚いた。研究者の報酬はたかがしれているはずなのに。

「やっと二人きりになれた」ベネディクトは運転席に座って車を出した。「車のなかでしか二人きりになれないデートはとっくに卒業したと思っていたのに、きみがルパートとメアリーの家にいるかぎり避けられない運命のようだね」金褐色の瞳を楽しそうに輝かせてちらりとレベッカに向ける。「僕の家に引っ越してきてくれれば話は別だが」

「お宅がどこにあるのか知りもしないのに？」冗談の応酬と受け取れるように言ったが、胸は彼と暮らすことを想像して高鳴っていた。

「アマゾンの熱帯雨林にある小屋とロンドンに家がある。どっちがいい？」

レベッカは笑った。「当ててみて」

ベネディクトはさらに罪のない冗談を口にしながらオックスフォードの町を出て、小さなホテルのレストランまで車を走らせた。それは絵はがきに出てくるような樫《かし》の梁《はり》のあるかやぶき屋根の建物だった。

ステーキとサラダ、食後にチーズとクラッカーというシンプルな食事がレベッカの緊張を解き、ボルドーワインが気持ちを和ませた。演劇へ、音楽へと心地よく会話がはずみ、レベッカは二人に驚くほど多くの共通点があることを知った。やがて、アマゾンのことを話し始めたベネディクトは何度もレベッカを笑わせたが、事実がそのような生易しいものでないことは彼女にもわかっていた。滝に落ちて部族の人々に助けられたときには重傷を負っていたので、体力が回復するのに一年以上もかかったと彼は言った。自分の無事を連絡できる場所までたどり着くのに、さらに三年を要したという。

「僕は名誉部族民ということになっていて、自分の小屋もある。どうだい、僕とそこで暮らすのは？」

「部族の長が娘さんとあなたを結婚させたがったんじゃない？　よくある話でしょう？」

「申し出はあったが、十三歳にも満たない女の子ばかりでね。仕方なく禁欲主義者を名乗ることにしたんだ」彼はそう言ってから熱っぽくかげった瞳で見つめた。「だが、きみに会ったからには、宗旨変えをしなければならないな。きみも肉体の快楽を否定するタイプの女性とは思えない」

そのときウエイターが現れ、二人の間の緊張を破った。「コーヒーをどうぞ」

ほめられているのか、けなされているのか判断がつかない。レベッカは不安を隠そうとして最初に頭に浮かんだことを口に出した。「ベネディクト、そんな発言をするとロリータ趣味と誤解されるわよ。さもなければ、正気でないと」

ベネディクトはレベッカの美しい顔を見つめ、テーブル越しに手を取った。「確かに正気じゃないな、きみに関しては。自分の名前がそんなふうに優しく呼ばれるのを聞くとうれしいよ」彼は言い、手首の内側にキスした。レベッカが身を震わせたものの、まわりに人がいることを意識して手を引こうとすると、彼は手首を握る指に力をこめた。「だめだよ、レベッカ、二人の間に何が起きているのか、きみもわかっているだろう?」

レベッカはこみ上げてくる感情に喉をふさがれ、ごくりとつばをのみ込んだ。わたしだけではなかった。彼も同じ気持ちだったんだわ。でも、早まってはだめ。ひと目ぼれの恋なんて、おとぎばなしのなかにしか存在しないのよ。懸命に自分に言い聞かせたものの、ささやくような声で答えていた。「ええ、わかっているわ」金褐色の瞳の奥を探ると、レベッカはそこに自分が求めていた答えを見いだした。

「そんなふうに見つめないでくれ、レベッカ。さもないと、今すぐ連れ出したくなる。駐車場の車にたどり着くまで自制心がもつかどうかもわからない」

「ごめんなさい、わたし……」レベッカは頬を真っ赤に染めて視線を落としたが、勇気を振りしぼって顔を上げた。「こんな気持ち、初めてなの」

「その言葉を信じたいよ、レベッカ。本当に信じられたらどんなにいいか」

一瞬、彼の瞳に不可解な衝撃の色が浮かんだように思ったが、ゆっくりと首を振るのを見て、レベッカは自分の見間違いだと考え直した。

「だが、きみのように知性豊かで美しい女性に心を奪われる男はたくさんいるだろう。なかには僕が知っておいたほうがいい相手もいるんじゃないか?」

「いないわ、ベネディクト、今も、今までも。あなただけよ」

彼は手を放し、疑わしげに見つめながら椅子の背によりかかった。「とても信じられないが、言葉どおり受け取ることにしよう……今のところは」

どういう意味かわからず、レベッカが尋ねようとしたとき、ベネディクトがウエイターに合図をした。

「出よう。込んできたようだから」彼は勘定をすませて立ち上がり、レベッカの手を取った。

車に戻るとベネディクトは彼女の細い肩に腕をまわして顔を近づけた。「きみが欲しい」そうささやいて唇を重ねる。

レベッカは彼の腕のなかで体を震わせ、熱くなっていく自分を感じていた。痛いほど激しいキスだった。初めは驚いたが、すぐに情熱にのまれ、いつしかキスに応《こた》えていた。彼の指がキャミソールのなかに滑り込んできたときは思わず身をこわばらせたが、てのひらに胸のふくらみが包まれると、初めて知る酔うような感覚が体に広がっていくのを感じた。

「ベネディクト……」

彼は胸を愛撫《あいぶ》しながら喉元に唇を寄せている。レベッカは欲望の炎が燃え上がるのを抑えられなかった。抑えたいとも思わなかった。熱い血が全身の血管を激しく脈打たせて駆けめぐるのを感じながら、レベッカは彼の頭を抱き寄せた。もう恥じらいは感じない。今はただ、このときのために生まれてきたと感じるだけ……。

ベネディクトがうめき声をあげてゆっくりと顔を上げ、体を引いて彼女の乱れた服を整えた。「レベッカ、きみには僕の正気を失わせる力がある」

「うれしいわ」レベッカはまだ欲望に体をうずかせながらささやいた。「わたし、あなたに恋をしてしまったみたい。これが一方的なものだったら悲劇だけれど」言うつもりではなかった言葉を口にしてしまい、彼女は当惑して笑いにまぎらせようとした。

ベネディクトが両手で彼女の頬を包み、燃える瞳で見つめた。「レベッカ、僕も同じ気持ちだよ。でも、ここはそれを示すのにふさわしい場所ではない」彼は短いキスをして手を離し、正面を向いた。「今夜はルパートが捜索隊を差し向けないうちにきみを送り届けたほうがいいだろう。だが、信じてくれ、レベッカ。きみと僕とのことはこれから始まるんだ」

オックスフォードへ戻る間、二人はほとんど言葉を交わさなかったが、レベッカの気持ちは満ち足りていた。家に着き、コーヒーを飲んでいくように誘うとベネディクトは応じたが、残念なことにルパートも一緒だった。二人のことはこれから始まるというベネディクトの言葉を思い出して自分を慰めたものの、車まで送って二人きりになっても彼が次のデートの約束を口にしなかったので、内心は穏やかではなかった。

「おやすみなさい、ベネディクト」

「レベッカ、そんな顔をしていると、このままきみをさらってロンドンまで連れていきたくなるよ」

「そうしてほしいわ」半分は本気だった。

ベネディクトは彼女を引き寄せてキスをした。「月曜日はロンドン大学のユニヴァーシティーカレッジで講義なんだ。必ず連絡するよ」

しかし、月曜日に連絡はなく、火曜日になっても水曜日になっても電話はかかってこなかった。ほとんど家から一歩も出ずに待っていたレベッカは意気消沈し、水曜日にはとうとうメアリーの勧めに従って地域の歴史研究会の月例会に出席したが、心ここにあらずで椅子を温めていただけだった。ところが帰宅すると、メアリーが申し訳なさそうな笑顔を向けた。よりによって、出かけている間にベネディクトから電話があったのだ。

「ああ、やっぱり行かなければよかった」

「レベッカったら。彼は電話があったことを伝えてほしいと言っていたわ。それから……」

「それから?」

「わたしが週末をうちで過ごさないかと誘ったら、土曜日に来るって。でも、はっきり約束するのは明日の夜、電話するまで待ってほしいんですって」

レベッカはメアリーに抱きついた。「すてき!」

木曜日の夜、電話が鳴ったとき、レベッカは根拠のない不安を抱きながら受話器を取った。

「はい、バート宅です」

「レベッカ、やっときみをつかまえられたよ。どういうことかな? オックスフォードのいい男たちにはもう飽きたのかい?」

「ベネディクト」冗談にしても、なぜそんなことを言うの? わたしがほかの男性とデートすると考えるなんて。そう思ってからレベッカははっとした。もしかして、彼はあのことを耳にしたのでは？　いいえ、そんなはずはないわ。ずいぶん前のことだし、あのころ、彼はちょうどイギリスにいなかったはずだもの。いずれ話さなくてはならないだろうけれど、ベネディクトならきっとわかってくれる。でも、今はまだその時期ではないわ。生まれたばかりの恋には、まだ抵抗力がない。

レベッカは不安を抑え、急いでベネディクトにゆうべの不在のわけを話した。

「わかったよ、レベッカ、きみを信じよう。ところで、土曜日は三時ごろうかがっていいかな？」

「もちろんよ！」レベッカは顔を輝かせ、ベネディクトが自分の言葉を信じていないのではないかと感じたことを忘れた。

レベッカはその日も居間の窓辺に立って、ベネディクトを待っていた。すでに七月になり、電話では頻繁に話し、彼が週末ごとに三回、バート家に滞在したのに、二人の関係はいっこうに進展していない。それは、たぶん、いつもメアリーとルパートとジョナサンが一緒だったからだ。

レベッカの唇にひそかな笑みが浮かんだ。でも、この週末は、ルパートはメアリーとジョナサンを連れてデヴォン州にいる両親に会いに行っている。

わたしはベネディクトを愛しているし、彼も愛してくれていると確信している。二人だけで食事もし、コンサートにも行った。天気のいい日曜日に川でボートにも乗り、会ったときと別れるときには必ず熱いキスを交わした。膝から力が抜けるようなせつないキスを……。

レベッカは汗ばんだてのひらをぬぐった。この二日間は完全に二人きりでいられる。そう思ったとき、彼の車が家の前にとまり、心臓が飛び上がった。

「大歓迎だね」ドアを開けるなり抱きついてきた彼女に短いキスをして、ベネディクトは面白そうに見つめた。「こんなに熱烈な歓迎を受ける理由があったかな？」

「何も。ただ、とても会いたかったの」

「わかるよ。でも、そろそろなかに入れてくれないか？ ルパートは堅物だから、カップルが戸口でラブシーンを演じていたら機嫌をそこねるだろう？」

「さあ、どうかしら？ 先生はご両親のところへ出かけていて、わたしたち、この家に二人きりですもの」レベッカは腕を取って招き入れ、ドアを閉めて振り向いた。「さあ、あなたをつかまえたわ」彼女は爪先立って彼の首に腕をまわした。

「つかまえるだけでいいのかい？」ベネディクトはウエストをつかんで目の高さが同じになるまで彼女を持ち上げた。「このほうがいいだろう？」そう言うと片方の肩に担ぎ上げ、居間へと歩きだした。

「ベネディクト、降ろして！」レベッカは頭を逆さにして広い背中に叫んだが、彼は腿を抱えた手を離さなかった。「落とすつもり？」

「そんなことはしないよ」ベネディクトは笑い、彼女を大きな革張りのソファの上に降ろした。

レベッカはしどけない姿でクッションによりかかった。白いショートパンツから伸びた脚を投げ出し、まくれ上がったTシャツからおなかがのぞいていることにも気づかず、笑って彼を見上げた。「ジャングルに長くいすぎてターザンになっちゃったのね」

きらめくすみれ色の瞳もばら色の頰も驚くほど無防備だった。ベネディクトは彼女を見つめる瞳の奥にかすかな嘲《あざけ》りを宿して片手を伸ばし、頰にかかる髪をかき上げた。「まだだれにも抱き上げられたことのない無垢《むく》な少女のふりをするつもりかい？」

レベッカの顔から笑みが消えた。なぜか肩に抱き上げられたことを言っているのではない気がする。「父もよくこんなことをしたわ」

ブラックジーンズに包まれた長い脚が目の前にある。たくましい太腿から視線をさらに上へと移してレベッカは頰を赤らめ、慌てて目を上げたが、第三ボタンまではずされたチェックのシャツの襟からのぞく胸元を見て、ごくりとつばをのんだ。脈拍が速まり、不意に二人きりでいることを意識して体を起こそうとした。

「動かないで」ベネディクトはかすれた声で言い、彼女をそっと押し戻して隣に腰を下ろした。「この家にいるのは二人だけ――それで、何を言いたかったんだい？」片手をソファの背もたれにつき、もう一方の手の指でそっと唇の輪郭をなぞる。

レベッカはかすかに唇を開いて彼の首に両腕をまわした。愛しているわ、こんなにも！　男性的な彼のにおいに包まれ、情熱にきらめく瞳を見つめながら心のなかで叫ぶ。彼の力強い腕に抱かれて自分を解き放つことだけがわたしの望みよ。

ベネディクトは指先で下唇をなぞりながら彼女を見つめた。「きみが欲しい、レベッカ。きみも同じ気持ちなんだろう？」

「ええ、ベネディクト、同じよ」

「僕を愛している？」

窓からさし込む日の光が彼の黒い髪の輪郭を金色に輝かせている。逆光のせいで表情は見えないが、まるでギリシア神話の神のようだ。ああ、ベネディクト、あなたを愛さずにいられるわけがないわ。

「愛しているわ、ベネディクト。今までも、そして、これからもずっと」

ベネディクトが唇を重ねた。じらすようにそっと唇をかまれ、レベッカはかすかなうめき声をもらして体を弓なりにそらした。黒髪に指をうずめ、さらに彼の頭を引き寄せると、ベネディクトは彼女を抱き締め、キスを深めた。

やがて、彼は不意にキスをやめて体を起こし、彼女をクッションの上に戻した。レベッカはうっとりと彼を見上げたが、その険しい表情に驚いて笑みを消した。

「きみは危険すぎる——まさに爆弾だ。ここにいたら、僕は二人が後悔するようなことをしてしまう」

「わたしは後悔しないわ。絶対に」レベッカは手を伸ばして彼の喉から胸へと指を滑らせた。この数週間、そうしたくてたまらなかった。

「何人の男に同じことを言ったんだ？」ベネディクトは彼女の手首をつかんだ。

「だれにも。あなただけよ」嫉妬《しっと》しているの？ それとも、何か別のこと？ まるでわたしを疑っているみたい……レベッカはわけもなく身震いした。

「起きて服をきちんとして。できればの話だけど」

「そういう冗談は好きじゃないわ」レベッカは体を起こしてTシャツの裾《すそ》を引き下ろした。

ベネディクトは答えず、代わりにポケットから取り出した小さな箱を目を伏せて見つめた。「きみのものだ、レベッカ。先へ進む前に、これをきみに渡すべきだと思う」

レベッカは震える手を伸ばした。早くも涙がにじみ始めた瞳で彼を見たが、彼は素早く視線を避けた。すてきな人。アマゾンのジャングルで困難を克服する勇気を持ちながら、こんなにもシャイだなんて。そう思うといとおしさが胸にあふれた。

レベッカは小箱の蓋《ふた》を開けた。なかにあったのは美しい指輪だった。紫がかった深紅の宝石を小さなダイヤモンドが囲んでいる。

「きれい！ わたしは世界一の幸せ者ね。つけてくださる、ベネディクト？」差し出した左手の薬指に指輪の確かな感触が宿った。

「気に入ったかい?」ベネディクトはまだ視線を合わせない。

「大好きよ。あなたを好きなのと同じように」

「やっぱりそうか」ベネディクトは笑ったが、その笑い声はどこか耳ざわりに響いた。きっと緊張しているのね。レベッカは彼の膝の上に座って右腕を首にまわし、左手を上げて指輪を眺めた。「ルビーね。大好きな宝石よ」

「ガーネットだ」

「なんでもかまわないの」レベッカはささやき、彼の喉に唇をつけた。「一生大事にするわ」

「そうだろうね」ベネディクトはつぶやいたが、レベッカはその声ににじむ皮肉に気づかなかった。彼は長い指でレベッカの顔を上向けて軽くキスをした。「レベッカ、今日は指輪を渡すために来たんだ。残念だが、すぐにロンドンへ戻らなければならない。今夜、テレビのトーク番組に出演するんだ」

レベッカは瞳を曇らせた。「婚約した日にわたしを残して帰ってしまうの? せめて、お祝いの乾杯をしましょう」

「いや、悪いが車の運転があるから」ベネディクトは彼女を膝からソファに降ろして立ち上がった。

「でも、話し合わなきゃならないことがたくさんあるわ。たとえば、結婚式の日取りとか」レベッカは自分が口にした言葉にほほ笑んだ。そう、今は一緒にいられなくても、これから先、時間はいくらでもあるのよ。わたしたちは夫婦になるんですもの。夢が現実になるなんて、幸せすぎて怖いくらい。

「ニューヨークへ行かなければならないから、イギリスには八月末までしかいられない。たぶん……」ベネディクトは口ごもった。

「結婚式の準備なら二週間あればいいから、一緒にアメリカへ行けるわ」レベッカは顔を輝かせて立ち上がったが、彼の瞳の表情に気づいてはっとした。

「それも悪くはないが、別の選択肢がないわけでもない。考えておくよ。来週、話し合おう。急ぐ必要はない。きみは臨機応変な人だから、どういう結果になっても、きっとうまくやっていけるだろう」

「わかったわ」レベッカは彼の声ににじんだかすかな嘲りに気づかず笑みを浮かべ、薬指を見つめて吐息をついた。美しい指輪は、愛する人とともに生きる輝かしい未来の象徴だった。

　木曜日、レベッカは緊張した面持ちでロンドンの町を走るタクシーに乗っていた。約束した土曜日まで待てず、とうとうベネディクトに会いに来てしまった。この幸せが現実であることが信じられなくなるたびに頬をつねって過ごしてきたが、今朝は、目覚めたときに胸に浮かんだ不安をついに払いのけることができなかった。それで、どうしても彼の顔を見て安心したかったのだ。

愚かなこととわかっていても、自分をとめることができなかった。レベッカは手を握り締めて震えを抑え、薬指の指輪を見つめて深呼吸をした。

ロンドンへ買い物に来たついでに――それが考えついた口実だった。婚約して三週間。週末ごとに会い、定期的に電話でも話しているのに、まだ結婚の日取りについて話し合っていない。不安になるのはそのせいだろう。

「着きましたよ、お嬢さん」

レベッカは運転手の声にびくりとして座り直し、慌てて財布から紙幣を出した。「ありがとう。お釣りはとっておいてください」

タクシーを降りた彼女は瀟洒《しようしや》な白い家を見上げた。玄関先の黒い錬鉄製の手すりと円柱が印象的だ。高台に同じような家が立ち並び、リージェンツパークを見下ろしている。彼がこれほど立派な家に住んでいるとは思わなかった。

レベッカは不意に強い不安に襲われた。彼がいなかったらどうしよう？　でも、住所を教えてくれたんだから、わたしが訪ねてもかまわないはずよ。彼女は身を守るように買い物の袋を胸に抱え、鈍く光る真鍮《しんちゆう》のベルを押した。何を心配する必要があるの？　彼はフィアンセなのよ。

ドアが開いたが、現れたのはダークスーツを着た見知らぬ老人だった。

「マダム、ご用件は？」

「わたし……ベネディクト・マクスウェルのお宅を探しているんですけれど」レベッカは紙に書いた住所をもう一度見た。

「だれだい、ジェームズ？」

奥からベネディクトの声が聞こえたので、レベッカはほっとした。「あなたのフィアンセよ」

「なんだって？」ベネディクトが近づいてくる。「ジェームズ、ここはいいから、階上《うえ》に引き揚げるといい。今日はもう用はないから」

レベッカは喉にこみ上げてくる笑いを抑えた。彼の家に執事が？　信じられないわ。現れたベネディクトに視線を移した彼女は、驚きに目を見開いた。彼は黒のディナースーツに身を包んでいた。ぴったりフィットしたジャケットが広い肩幅をさらに広く見せ、真っ白なドレスシャツの襟がアマゾンの太陽に焼かれたマホガニー色の肌を際立たせている。その姿を見ただけでレベッカの口はからからになり、胸が高鳴った。

「入りたまえ、レベッカ」

「ベネディクト、あなたの住まいはアパートだと思っていたわ」

ベネディクトは彼女の腕を取って広々とした大理石の玄関ホールに招き入れた。中央に優雅な曲線を描いた階段がある。

「四階はアパートだ。執事のジェームズと家政婦をしてくれている彼の妻が暮らしている」彼はレベッカの興奮した顔を見下ろした。「なぜ、ここへ？」

視線を向けられるだけで充分だった。それだけで情熱がほとばしり、彼の腕に抱かれ、キスされたくてたまらなくなる自分が怖かった。

「買い物があってロンドンへ来たので、あなたを驚かせようと思って」レベッカが抱えていた袋を持ち上げてみせると、ベネディクトが受け取って壁際のコンソールテーブルに置いた。

「確かに驚いたよ、ダーリン。だが、うれしい驚きだ」彼は額にキスをして肩に腕をまわし、大きな両開きのドアを抜けて美しい部屋へと案内した。

「突然お邪魔してごめんなさい。でもせっかくロンドンまで来たので、あなたの家を見ておきたいと思ったの。土曜日になれば会えるとわかっていたけれど、話し合いたいこともあったし……」

「座りたまえ」ベネディクトは遮るように言った。「飲み物を持ってくるから、ゆっくりしていてくれ。弁解しなくていいんだよ。きみは僕のフィアンセなんだから、いつ訪ねてこようと自由だ」

レベッカは示されたベルベットの大きなソファに腰を下ろした。「わたしはただ……」言いかけたが、ベネディクトはすでにつややかな木製の戸棚のほうへ向かっていた。戸棚は天井に届くほど背が高く、前面のガラス扉をとめるのに鉛の代わりにメレダイヤを埋め込んだ真鍮が使われている。

レベッカはソファに背中をあずけて部屋を見まわした。どっしりとしたダークグリーンのベルベットのカーテンがかけられた細長い窓から夕日がさし込んでいる。カーテンをとめているのは凝った装飾が施された真鍮のホルダーだ。磨き込まれた木の床には厚いペルシア絨毯《じゅうたん》が敷かれ、予備テーブルの上に地球儀がある。その脇《わき》に積まれたナショナル・ジオグラフィック誌だけがこの優雅な部屋の唯一の異分子だった。

壁にかけられている絵は、明らかに価値のありそうな数点の油絵と水彩画を除くと、意外にも、ほとんどが諷刺《ふうし》漫画だった。そのうちの二枚は夭折《ようせつ》したマーク・ボクサーの作品だ。クリスティーズのオークションにかけられることを報じた新聞記事で目にした覚えがある。

「何を考えているんだ？　ほかの男のことでも？」いつの間にかそばに戻っていたベネディクトがクリスタルグラスについだブランデーを差し出した。「たとえば、昔の恋人のこととか？」

「まさか。あなたが早く戻ってくれるといいと思っていたのよ」正直な気持ちだ。それほど彼のとりこになっているのはわかっているはずなのに。でも、自分の幸せをこんなにも他人まかせにしていいのかしら？　ふと、そんな思いが胸をよぎる。

ベネディクトの顔を見たレベッカははっとした。彼は怖いほど鋭い瞳で考えを読もうとするように見据えている。急に、彼が〝昔の恋人〟と言ったのは、あのスキャンダルのことを耳にしたせいではないかと思えてきた。いつかは話さなければいけないとわかってはいるけれど……。

「僕に会うのが待ちきれなかったなんて、うれしいよ。それなのにきみが来たとき、そっけない態度をとって悪かったね。埋め合わせにディナーに出かけよう」

彼は窓からの光を背にして目の前に立っている。近づきがたい印象を与えるのは、きっとフォーマルな装いをしているからだ。もう少しカジュアルなものを着ていてくれたらよかったのに。ただでさえ力強くエネルギッシュで男らしい人なのだから、かすかなしぐさにも体が燃え上がって、自制心を失ってしまう。

「今日はロンドンの町を歩きまわるだけのつもりだったから、食事に出かけられるような服を着てきていないわ」レベッカはしわになったプリント地のワンピースと彼の装いを見比べて、やっと思い当たった。「ごめんなさい。やっぱり電話してから来るべきだったわ。出かけるところだったんでしょう？」そうでなかったらディナースーツを着ているはずがない。レベッカはブランデーをひと息でのみ干し、落ち着かなげにグラスをサイドテーブルに置いた。

ベネディクトが一歩さがって体の向きを変えたので表情は見えなかった。レベッカは不意にひんやりした空気に包まれた気がして窓の外を見た。夏の日はまだ沈んでいないが、もう六時を過ぎているから、気温が下がってきたのだろう。

「いや、帰ってきたところだよ。メディアが環境問題に敏感でね。急にあちこちから声がかかるようになった。今日はＢＢＣで収録があって、それでこんな格好をしているんだ。待っていてくれれば着替えてくる。いいかい？」ベネディクトは笑みをたたえた顔で振り向いた。

レベッカはほっとして軽口をきいた。「わたしも一緒に行くわ。家のなかを見せていただきたいし。あまりのすばらしさにびっくりしているの。人類学者がそんなにもうかるとは知らなかったわ」

レベッカは彼の皮肉な笑みに気づかずに、差し出された手に自分の手をあずけて立ち上がった。

「ここは父の家だった。今は僕のものだが。さあ、案内しよう。泊まっていってもいいんだよ」

二人の目が合い、空気が張り詰めた。

レベッカは動揺した。それこそわたしが望んでいることだわ。でも……。

「答えがないのは同意と受け取っていいんだね？　それとも、結婚式がすむまで待つかい？」ベネディクトが皮肉っぽく尋ねる。

「いいえ」レベッカは即座に否定したが、先が続けられなかった。急に怖くなったのだというこをどう説明したらいいのだろう？　たぶん、経験がないせいなのだ。抱き締めてキスをしてほしいだけだと言ったら、彼は理解してくれるかしら？

でも、わたしは二人の関係に進展がないことに何週間もいら立っていたはずだ。初めて出会ったその日でさえ喜んでベッドをともにしただろう。それなのに、別れ際に情熱的なキスを交わすほかは二人きりになれなくて、ずっとじりじりしていたのでは？

ベネディクトが親指で軽く婚約指輪に触れ、笑みを浮かべて視線を彼女の胸元へ落とした。「きみが考えていることはわかっているよ。ませたお嬢さんだね。だが、僕もただの人間だ。それに禁欲主義も柄に合わないようだし……」

「ベネディクト」レベッカは彼に近づいた。「わたしが今日ここへ来たのは、あなたに会いたかったからなの。会って、抱き締めてもらって、これが夢でなく現実なんだと確認したくて……」彼女は顔を傾けてそっと唇にキスをし、目を閉じた。

「そのことは、もう話したんじゃなかったかな？」

彼が笑ったので、レベッカは驚いて目を開けた。「ええ、そうなんだけれど」

そのとき、夕日が最後の光を投げかけてベネディクトの髪を輝かせ、顔に不思議な陰影を与えた。一瞬、残酷で傲慢《ごうまん》な表情を浮かべているように見えたが、レベッカはすぐに思い直した。そんなはずはないわ。穏やかでどこか寂しげな彼とはあまりにかけ離れた印象だもの。

「レベッカ、きみは美しいし情熱的だ。きみを拒める男はいないだろう。そして、だれもがきみを妻にしたいと願うはずだ」彼の言葉は怒っているようにも聞こえた。激しく唇を押しつけ、舌の先で花びらのような唇を開かせる。

レベッカは強く抱き締められて吐息をもらした。キスがさらに深く激しくなり、胸のふくらみを手で包み込まれると、背中をそらして彼に体を押しつけた。ベネディクトは低いうめき声をあげて、ほっそりした喉に唇を這《は》わせ、レベッカは彼のジャケットの下に両手を滑り込ませて、たくましい胸や背中にさまよわせた。

背中を抱く彼の手が長い髪をまさぐっていたかと思うと、彼女はいきなりぐいと引き離された。

「ベネディクト」二人の息は同じように荒く、心臓も同じ激しさで鼓動している。二人とも同じ気持ちのはずなのに、なぜ？　レベッカはぼんやりした頭で考えながら彼を見た。熱を帯びた金褐色の瞳が漆黒に見えるほどかげり、彼女の唇を見つめている。

「ティーンエイジャーではないんだ。居間の床できみを抱くようなまねはしないよ」

「それなら寝室へ行きましょう。お行儀のいいふりはもううんざり。愛しているの。抱いて。わたしたち、婚約しているのよ」レベッカは大胆に言った。体じゅうが彼を求めてうずき、髪の一本一本までが彼に触れられるのを待っている。もうこれ以上、先へ延ばすことなんかできないわ。

「本当にいいのかい？」ベネディクトが尋ね、彼女を腕に抱き上げた。

レベッカは彼の声にかすかに苦いものがまじっている気がして眉を寄せた。まだ信じられないのかしら？「ええ。わたしの愛は永遠に変わらないわ」レベッカは居間を出て階段を上っていく彼の肩に両腕をまわし、首筋に顔をうずめた。

「信じていいのかな？」ベネディクトはつぶやき、肩でドアを押し開けて部屋に入った。

そこが寝室なのかどうかも、レベッカは気にとめなかった。すでに世界にはベネディクトだけしか存在していない。大きなベッドに降ろされる間も、彼がジャケットを脱ぎ、シャツのボタンをはずす間も、すみれ色の瞳で彼だけを見つめていた。

「その瞳で何人の男をとりこにしたんだ？　きみは信じられないほど美しい。僕のほかにもいたはずだよ、恋人が」視線が華奢《きゃしゃ》な体の上を漂い、最後に小さな顔に注がれた。奇妙なほど強いまなざしだ。

レベッカはほほ笑んだ。彼は何度か過去の恋人のことを尋ねたけれど、これはきっと嫉妬なのね。答えを聞いて安心したい気持ちはよくわかる。わたしだって、ベネディクトがほかの女性を腕に抱いたと思うだけでいたたまれなくなるもの。

「だれもいないわ、ベネディクト。愛したのはあなただけよ」レベッカはその言葉が真実であることを伝えたくて彼のほうへ両手を差し伸べた。

彼の視線が一瞬、ガーネットの指輪に注がれた。「確信のある言い方だね。誠実な言葉に聞こえる」言いながらシャツを脱ぐ。「だが、ボーイフレンドくらいいただろう？　きみも二十二歳だ。幼い恋の一つや二つ、あったはずだよ」

レベッカは彼の瞳に光った何かに気づかず、うっとりとたくましい胸に見とれていた。長い指がベルトのバックルをはずし、スラックスを脱ぎ捨てる。

ベネディクトは黒い下着一枚になり、息をのんでいる彼女のほうへ身をかがめてきた。唇にからかうような笑みを浮かべている。「告白するのを怖がる必要はない。きみのすべてを知りたいんだ。僕はきみを見た瞬間に運命を感じた。何を聞いても僕の心は変わらない。約束する」

告白するって？　ああ、ボーイフレンドのことね。ベネディクトもひと目でわたしに恋をした。わたしたちは同じだったんだわ。そう、恋人同士の二人の間に秘密があってはいけない。話さなくては。「一人だけいたわ」あのとき、パパは怒ったけれど、ベネディクトならきっとわかってくれる。

彼はそっと膝を撫《な》で始めた。「いつのことだい？」

「十七歳のとき」彼の手がスカートの下に忍び込み、レベッカは震えた。話そうと思っていたことが風に吹かれた煙のように消えていく。

「それから?」ベネディクトがワンピースの前のボタンをはずしながら尋ねた。

「何も……」レベッカは思わずうめき声をもらした。「彼は亡くなったの」

# 3

あれから何時間もたったのか、それとも数秒後のことなのか定かでなかった。だが、レベッカが気づいたとき、二人は生まれたままの姿でお互いを腕に抱いていた。すでに場所も時間も意識から消え去り、存在するのはベネディクトだけだった。胸にあったわずかな恐怖も跡形もなく消えている。

ベネディクトの喉元のくぼみに唇をつけると彼は脈拍を速め、筋肉を緊張させた。彼が低く毒づいたので少し驚いたが、本能に導かれるままにたくましい胸からおなかへと手を滑らせていく。

さらに下へと手をさまよわせようとしたとき、ベネディクトがうめくように何かつぶやき、彼女を組み敷いた。彼の唇が喉から胸へと熱い軌跡を描き、レベッカは息をのんだ。彼は大きな手で胸のふくらみを包み、ばら色の頂に唇を寄せる。

レベッカは喜びに体を弓なりにそらし、すべての神経を震わせた。

「きみが欲しくてたまらない」ベネディクトがささやき、胸のふくらみに交互に唇を寄せる。

小さく甘い声をあげたレベッカは、自分がそれまで存在にさえ気づかなかった体の奥の欲望の沼にとらえられていることを知った。やがて彼の指が秘密の場所を探り当てると、熱く激しい未知の感覚が潮《うしお》のようにレベッカの体に満ちた。彼女が何かに突き動かされるように細い指を彼の腰に滑らせ、熱い高まりに触れたとき、ベネディクトは全身を震わせた。そして、荒々しく彼女の両手をつかみ、手首を頭の上にひとまとめにして押さえつけた。

「ゴッド、ああ、許してくれ、ゴード……」

ベネディクトの声が聞こえた瞬間、鋭い痛みが体を貫いた。レベッカは声をあげ、彼の動きを拒むように身をこわばらせた。

「まさか……信じられない」

ベネディクトがつぶやくのが聞こえたような気がしたが、そのときには熱い情熱の波にのみ込まれていた。痛みが和らぐとともにレベッカは彼を求めて必死に肩にしがみつき、彼を包み込んだ。

だが、なぜかベネディクトは動かなかった。すべての筋肉を緊張させたまま、ぴくりとも動かない。レベッカは懇願した。「やめないで……」

その言葉が彼の情熱を解き放ち、レベッカはたちまち熱く激しい渦に巻き込まれた。肩にしがみつく腕に力をこめ、腰に脚を強く絡めるレベッカを、ベネディクトがさらなる高みへと追い詰めていく。頂点に上り詰め、高まる思いに体が引き裂かれそうになったとき、彼女は声をあげた。

世界が粉々に砕け散ってぐるぐるまわっている。レベッカはベネディクトの名前を呼び、彼はさらに強くかき抱いてうめき声をあげた。その瞬間、レベッカは自分のすべてが完全に彼のものになったと感じた。二人は完全に一つになったと。

愛の営みについて書かれたものを読んだことがあったが、実際にはなんの役にも立たなかった。だって、今わたしとベネディクトが分かち合ったことはほかのだれにも味わえないもの。彼は肩に頭をのせ、荒い息をし、情熱の余韻に身を震わせている。レベッカは汗にぬれた彼の髪をそっとかき上げ、胸の思いを伝えようとした。

そのとき、ベネディクトが顔を上げ、鋼のような力で手首をつかんだ。「きみはヴァージンだったのか!」怒りを抑えきれない様子で言うなり、背を向けて起き上がり、床に足を下ろした。

いったいどうなっているの？　何を怒っているの？　ヴァージンだったことがいけないの？　そんなはずはないわ。レベッカも体を起こし、ためらいがちに彼の背中に触れた。

「どうしたの？」

ベネディクトはびくりとして振り向いた。彼女を見据える瞳は敵意に満ちている。「きみが悪いんだと思っていた。だが、ゴッドは——かわいそうに、ゴードンは女性を腕に抱くことも知らずに命を失ったのか？　きみは何をしたんだ？　キスだけでゴードンをもてあそび、心を奪ったのか？」

レベッカは震えた。氷より冷たいものが背筋を這《は》い上り、心臓をわしづかみにした。

「どういうことか……わからないわ」彼女は金褐色の瞳を見つめてつぶやいたが、そこに怒りの炎が燃えていることを知って視線を落とした。

「そうだろうな。恥を知るがいい、売女《ばいた》め！」

彼の言葉が鞭《むち》のように襲いかかったが、レベッカは果敢に顔を上げた。何が起きたのか、よくわからない。でも、ゴードンの名前が出たからには説明しておかなくては。ベネディクトならきっとわかってくれるだろう。わたしを愛してくれているし、わたしは何も間違ったことはしていないのだから。

「新聞でなんと呼ばれた？　〝小柄なロリータ〟？　それとも〝小さなヴィーナス〟か？」

ベネディクトがあからさまな侮蔑《ぶべつ》の視線を向ける。レベッカは震える手で肩にかかる髪を払った。言葉が出てこない。さっきボーイフレンドのことをきかれたときに話しておくべきだったのだ。後悔しても遅すぎる。

ベネディクトの視線が手の動きを追って胸にとどまり、ゆっくりと青ざめた顔に戻った。

「僕も同感だね。きみは見かけだけは男が望むものをすべて備えている。知性、美しさ、そして情熱。だが、内面はどうだ？　ひとかけらの心の清らかさも、温かみも哀れみも持ち合わせていない」

レベッカはまじまじと彼を見つめた。わたしが愛したベネディクト。たった今、わたしがすべてを捧《ささ》げた人はどこにいったの？　まだ汗が浮かんでいる体に彼女は視線をさまよわせた。このたくましい筋肉を指でなぞり、唇を重ねたばかりなのに。怒りに瞳を燃やすこの人は別人だわ。なぜなの？

「何も言うことはないのか、レベッカ？　弁解の言葉は？」

「フィアンセのあなたに弁解することはないわ。あなたがあんな新聞に書かれたことをうのみにするなんて。だいいち、ずいぶん昔のことよ。わたしはまだ十八歳にもなっていなかった」彼はどうやってあのことを知ったのだろう？　なんにせよ、それでわたしを誤解したのだ。ああ、どうしてこうなる前に自分で話しておかなかったの？

ベネディクトは陰気な笑い声を響かせた。「新聞記事には誇張があったかもしれない。だが、母が見せてくれたゴードンの日記は――死の直前の日付の日記は真実だ」

「お母さまが？」ゴードンとベネディクトの母親の間にどんな関係が？　レベッカの頭は混乱した。

「そうだよ、レベッカ。きみが傷つけたゴードン・ブラウンは父親違いの僕の弟だ」

レベッカは低い驚きの声をもらした。それが事実なら、ベネディクトのふるまいにも説明がつく。

「わかりかけてきたようだね、レベッカ。さあ、聞かせてもらおうか、僕のフィアンセ。罠《わな》にかける側からかけられる側に変わった気持ちはどうだい？」

彼の声が耳にこだまし、レベッカは粉々に砕けそうだった。だが、傷ついたことを知らせてベネディクトを満足させるわけにはいかない。レベッカはゆっくり体の向きを変えて彼と反対側の床に足を下ろした。それから体にシーツを巻きつけ、力を振り絞って立ち上がると、彼のほうへ向き直った。

「検視官の報告では事故死ということだったわ」彼女は静かに言った。ベネディクトはなぜわたしを非難するの？　わたしは事故とは無関係なのに。

「そうだ。だが、きみも僕もその報告に敬虔《けいけん》なカトリック教徒の家族への配慮がなされていたことを知っている。母は望みのない恋について書きつづった息子の日記を裁判所に提出しなかった。そして、きみはその最後の日記の翌日、姿を消し、ゴードンの指輪をつけることもなかった」

ベネディクトは大きなベッドをまわって歩み寄り、レベッカの左手を取って、親指で婚約指輪に触れながら奇妙な光を浮かべた瞳で彼女を見つめた。

「この指輪はゴードンがきみのために買ったものだが、きみは受け取らなかった。それが、皮肉なことに、僕の手からはまるで奪い取るようにさらっていった。そして、僕を愛しているという。僕は喜ぶべきなんだろうね」彼はもう一方の手でレベッカの顔を上向けた。「そうじゃないか、レベッカ？」

「そうは思わないわ」レベッカは小さな声で答えた。もちろん、ベネディクトを愛している。でも、それは今ここにいる見知らぬ人のことではない。わたしがなぜ、この悪意に満ちたまなざしを向ける人を愛せるというの？

ベネディクトはまるで汚れたものにでも触れたように手を離した。レベッカは彼が怒りを燃え上がらせるのを感じながらシーツを固く体に巻きつけたが、あとずさりしようとしてよろけ、彼に支えられた。

「行いは言葉より雄弁だね。きみがどんなに否定しようと、体は求めているんだ」彼は勝ち誇ったように言い、シルクのシーツに包まれた胸を見下ろした。

レベッカは真っ赤になり、彼を押しのけようとした。「嘘《うそ》よ」

「きみが抱いてほしいと懇願してから十五分もたっていない。きみにはねつけられた弟の苦しみがそろそろわかってきたころだろう」ベネディクトは言い、軽々と彼女を抱え上げてベッドの上に戻した。「ここでしばらく考えるんだな。僕はシャワーを浴びて服を着るから、そのあとで話そう」最後の言葉には脅すような響きがあった。

ここを出なくては。残されたレベッカはそう気づき、はじかれたようにベッドを降りて服を拾い集め、急いで身につけた。どうしてこんなことになってしまったのだろう？ ロンドンへ来るときに感じた不安は悪い予感だったのかもしれない。ショックが大きすぎて頭が働かないけれど、自分がとてつもなく愚かなまねをしたということだけはわかっている。

ベネディクトの手から奪うようにして指輪を受け取ったというのは事実だわ。考えただけで身がすくむけれど。そう思った瞬間、この数週間の出来事がよみがえってきて、レベッカははっとした。ベネディクトはわたしを愛していない。初めから愛してなどいなかったのだ。そして、二人が分かち合った愛の営みも偽りのものだった。レベッカは彼がつぶやいた言葉を思い出した。ゴッド、許してくれ――もしかしたら〝ゴッド〟は〝神〟でなく、ゴードンのことだったのかもしれない。いずれにしても、わたしは彼に求められてもいないのに身を捧げてしまったのだ。

ワンピースの最後のボタンをかける指に指輪があることに気づき、静かにはずした。指輪とともに愛の夢も結婚の夢も消えていく。

顔を上げたとき、ベネディクトが部屋に戻ってくるのが見えた。ぬれた髪を後ろに撫《な》でつけ、ブルーのコットンベロアのジョギングスーツに身を包んでいる。その姿はこんなときでさえ魅力的だ。

レベッカは頬を染め、自分が失ったものを実感して胃を締めつけられるような痛みを覚えた。それでも、自分を哀れむことだけはしたくない。彼女は感情を抑え、毅然《きぜん》として目を上げ、指輪をてのひらにのせて差し出した。

「お返しするわ、ベネディクト。どういうことかよくわかったから」彼が復讐《ふくしゅう》のために指輪を受け取らせたということが。

「きみのために用意されたものだ。きみが持っているといい。子供だましの安物だ。なるほど、きみにぴったりだね。もしも僕が女性に指輪を贈るとしたら、もっと価値のあるものになるはずだよ」

レベッカはちらりと彼の顔を見た。ああ、わたしはなんて愚かだったの？　残酷そうにゆがんだこの口元にも、無慈悲な心にも、どうして気づかなかったのだろう？　恋は盲目ということなのね。

レベッカはあまりのつらさに視線をさまよわせた。豪華なカーテン、分厚いアイボリーの絨毯《じゅうたん》、大きなベッド。この家にあるすべてのもの同様、贅沢《ぜいたく》で優雅だ。ここはわたしのいる場所ではないわ。レベッカは指輪を握り締めた。指輪のことはゴードンから一度も聞いたことはなかった。もしかしたら、自分の運命を予感して話さなかったのかもしれない。彼を失うわたしの苦しみを少しでも減らすために。レベッカは唇にかすかな笑みを浮かべた。そうよ。ゴードンはそういう優しい人だった。いつもほかの人のことを考えて……。

「レベッカ」

ベネディクトの手が肩に置かれ、彼女はびくりとして、涙のにじむ瞳で見上げた。「さわらないで！　あなたは一つだけ間違っているわ。ゴードンは真心をこめてこの指輪を買ってくれたのよ。あなたがだれかに贈る指輪なんか比べものにもならないわ。だって、あなたには心がないんですもの」レベッカはベネディクトが怒りに顔色を変えるのを見て、わずかながら心を慰められる思いがした。

「よくもそんなことが言えるな。ゴードンの日記にはこうあった。〈ベッキー。僕の愛する、かわいいベッキー。でも、彼女がもうこの指輪をはめることはないのはわかっている。彼女は天上で輝く星だ。すばらしい未来が待っている。そして、僕の人生は終わる〉哀れなゴードンはきみに夢中だった。そして、きみはその手でナイフを突き立ててゴードンを殺したも同じだ。そのきみに、心について語る資格はないだろう」彼は冷たく笑った。

「その言葉の意味さえ知らないなら僕が教えてあげるよ」

レベッカはゴードンの日記の言葉に涙をぬぐった。でも、僕が教えてあげる、というのはどういうことだろう？

「けっこうよ」彼女は静かに答え、戸口へ向かった。もう一秒たりともベネディクトと一緒にいたくない。この悪夢から早く抜け出そう。彼女はドアを開けながら自分に言い聞かせた。とにかく実際的なことを考えるのよ。急げば最終列車に間に合う。

「どこへ行く？　話はまだ終わっていないのに」

レベッカはゆっくり振り向いた。「もう終わったわ」ベネディクトがすぐに追いついて髪をつかんだ。「放して！　列車の時間があるのよ」

ベネディクトは口元に笑みを浮かべた。「泊まっていくんじゃなかったのかい？　きみは僕を求めているんだ。わかっているはずだよ」

レベッカは彼の手を振り払い、すみれ色の瞳を怒りに燃やして向き直った。「学者に多いと聞いたことがあるけど、あなたは正気ではないわ。たとえあなたがこの世でたった一人の男性だとしても求めるものですか」

ベネディクトは笑いだした。「それは困ったな。僕たちは婚約しているんだよ」

金褐色の瞳に浮かんでいるのは嘲《あざけ》りだけではなかったが、それが何かはわからない。

婚約？　冗談じゃないわ。「結婚するつもりもなかったくせに」

「僕は結婚しようと言った覚えはないが、きみはどう思う？」

レベッカは答えずに部屋を出た。階段を下り、玄関ホールのテーブルから買い物の袋を取って、代わりに指輪を置いた。

ベネディクトがドアの前で腕をつかんだ。「待てよ。夜のロンドンを歩かせるわけにはいかない。駅まで車で送ろう」

レベッカは泣き叫びたい気分だったが、彼からできるだけ離れて助手席に座り、膝の上できつく手を握り締めていた。自分がどれだけ傷つけられたかを知られて彼を得意にさせるのがいやだったからだ。

やがてベネディクトが沈黙を破った。「オックスフォードまで送ろう」

「けっこうよ。列車の切符があるから」

「車のほうが早い」彼は冷ややかな笑みを浮かべて視線を投げた。「僕は運転は苦にならないんだ」

なんて独りよがりで高慢な人なの？「わたしは苦になるの。一刻も早く、あなたと別れたいのよ」

ハンドルを握る手に力をこめ、ベネディクトは駅のほうへ車を向けた。「婚約を破棄したいと言っていると受けとめるべきなのかい？」

レベッカはさっき彼が使った言葉を皮肉をこめて口にした。「あなたはどう思う？」

駅に着き、彼が車をとめたのでレベッカはドアを開けようとレバーに手を伸ばした。

「レベッカ、待つんだ」ベネディクトが肩をつかみ、探るように小さな顔を見た。「僕はそういうつもりでは……」柄にもなく口ごもる。

そんな彼を見たのは初めてだったので、レベッカは思わず動きをとめた。

「こんなふうに終わらせるつもりはなかった。それに……もしも今夜のことでなんらかの影響があったら……それなりのことはする」

レベッカは突然、笑いだしたくなった。〝なんらかの影響〟ですって？　わたしは死ぬまで今夜のことで苦しみ続けるわ。「お気遣いいただかなくてけっこうよ」

「いや、レベッカ、もしも妊娠するなんてことがあったら、必ず知らせてくれ」

レベッカは青ざめた。そのことは考えてもいなかった。それでも意志の力を振り絞って真っすぐに彼を見た。「あなたはどう思っているか知らないけれど、わたしはそこまで愚かではないわ。あなたも、いつか、わたしのことを臨機応変だと言ったでしょう？　何週間も前からピルをのんでいたから、心配することはないわ」レベッカは嘘を言い、あとも見ずに車を降りてドアを閉めた。

ベネディクトは引きとめようとしない。レベッカは顔を上げて前を見つめ、早足で歩み去った。神さま、どうかわたしに力を！　列車に乗って家にたどり着くまで、くずおれるわけにはいかないのです。


窓際に座ったレベッカは、窓の外を流れていく闇《やみ》と町の明かりを見ながら列車に揺られていた。ショックで放心状態になっていたが、それでも心の深いところにある耐えがたい苦悩の存在だけは感じずにいられない。いつしか意識が過去へと漂い、唇に懐かしげな笑みが浮かんだ。ゴードン・ブラウン。優しいゴードン。ベネディクトがあの指輪をどう使ったか知ったら、あなたはどんな思いをするか……。

あれは大学に入学する前の夏だった。民族音楽を愛する父と二人で、夏に民族音楽のフエスティバルが開かれることで知られるデヴォン州の小さな海辺の町、シドマスで一カ月半を過ごした。

ゴードン・ブラウンに会ったのはシドマスに着いて一週間もたたない七月半ばのことだった。船着場の突堤を歩いているとき、風で揺らぐヨットの帆桁《ブーム》を避けようとして反対側の小石の浜の上に落ちた。そのとき、いち早く駆けつけて手を差し出したブロンドの背の高い青年がゴードンだった。

彼はエセックス大学の一年生だと言い、レベッカが九月からオックスフォードに通うと聞くと、頭がいいんだねと言って笑った。

それから、二人は毎日のように一緒に過ごした。ゴードンに教えてもらってヨットに乗り、二人でいくつもの岬をめぐって歩き、美しいシートンやビアーの村のレストランで昼食をとり、ときにはゴードン自慢の愛車、赤いミニでダートムーアまで足を延ばすこともあった。

夕食をともにすることがなかったのは、夕方からは母親と過ごすと彼が決めていたからだ。一、二度、一緒にどうかと誘われたが、彼女も父と過ごすことになっていたので実現することはなかった。

考えてみると、ゴードンはあまり家族のことを話さなかった。母はフランス人だがイギリス育ちで、父はイギリス人だと言ったくらいだ。そして、前年に父と父親の違う兄が相次いで亡くなって母が元気を失っているので、ともに夏休みを過ごしているのだと。正直に言って、父の死はつらいが、ほとんど接しなかった兄のことは母ほどには衝撃を受けていないのだとも。

そして、悲劇は八月の最後の週に起きた。今思うと兆しはあったのだが、若すぎて気づくことができなかった。ゴードンが用事があるといってロンドンに出かけた日の翌日、二人はヨットに乗った。

ゴードンがブームに頭をぶつけたので、彼女が笑って、気をつけてと言うと、彼はまじめな顔で答えた。「頭をぶつけようがぶつけまいが、たいした変わりはないんだよ、ベッキー。どうせだめなんだ」

彼が何を言っているのかわからなかったが、空と海の美しさにまぎれて、すぐに忘れてしまった。だが、ヨットを小さな入江に着けて浜辺で昼食をとったあとで、初めてゴードンの気持ちに気づいた。それまでに一、二度キスをしたことはあったが、このときは様子が違った。彼のナイーブな顔に真剣な表情が浮かび、金褐色の瞳には悲しみが満ちていた。

「ベッキー、この何週間かは僕の人生で最良のときだった。もしも状況が違っていたら……」

レベッカはどうしたらいいのかわからなくなって言葉を遮った。「ゴードン、なぜ、そんなに深刻になるの？　明日はパパとライムリージスで化石拾いをする予定だから会えないけれど、あさっては会えるのよ。そのあとは別れ別れになるけれど、手紙だって書けるんだし。わたし、来年もここへ来るようにパパを説得するわ」

ゴードンはすばらしい笑みを浮かべて優しくキスをした。「そうだね、ベッキー」

あのときのゴードンはどこか大人びて見えて……。

レベッカはよみがえる記憶にため息をもらした。ベネディクトから聞いたゴードンの日記の意味は理解できる。ゴードンは自分の病気を知っていたのだ。それで気持ちをほのめかすだけにとどめ、指輪を渡さなかった。優しすぎて、重荷を分け与えることができずに。

レベッカはシートの背に頭をあずけて目を閉じた。列車の規則的な振動が少しずつ気持ちを静めていく。ずいぶん昔のことだわ。ベネディクトに言われるまで、忘れたと思っていた。

ゴードンには二度と会えなかった。水曜日に父と一緒にライムリージスから戻ると、借りていた部屋の前で見知らぬ男性に呼びとめられた。

男はカメラのフラッシュに驚くレベッカに矢継ぎ早に質問した。「ゴードン・ブラウンはきみのボーイフレンドだね？　今日、会わなかったのはなぜ？　けんかでもしたの？　彼が車ごと崖《がけ》からダイビングしたのはどうしてだと思う？　自殺なのかな？」

彼女は驚き、父が部屋へ引き入れるまで何が起きたのかわからずに立ち尽くしていた。

そのことを三流紙が報じたのは翌日だった。ショートパンツ姿で長い髪を風になびかせた彼女の写真が一面にのり、〝事故か自殺か？〟の見出しの下の記事では彼女を〝小柄なロリータ〟と呼んでいた。

一週間後、検視陪審で事故死との判断が示されたが、同じ新聞はその報道に二十一面にたった三行のスペースを割いただけだった。

陪審を傍聴した父によれば、ゴードンは五月に頭痛を訴えて大学の医務局で診察を受けていたのだという。その後の精密検査で脳腫瘍《しゅよう》が見つかり、死の二日前の月曜日はロンドンの専門医を訪ね、手術は不可能だという宣告を受けた。解剖所見では、彼は大規模な脳内出血を起こし、車が崖から落ちる前にすでに死亡していたとみられるとされていた。

ゴードンと最後に話をした老夫婦は、日ざしに当たったせいで頭が痛いと彼が言っていたと証言している。夫妻は彼が岬の突端にとめてあったミニに乗り込むのを見ていた。ミニは当然バックするはずだったし、ゴードンも助手席のヘッドレストに腕をかけて後ろを向き、その体勢をとっていた。だが、なぜかギアはバックに入らず、ミニは前進して崖から落ちたのだ。

「あなた、大丈夫？」

不意に聞こえた声にレベッカが目を開けると、列車の向かいの席に座った老婦人が心配そうに顔をのぞき込んでいた。

「え、ええ……ありがとうございます」レベッカは慌てて頬の涙をぬぐった。

「本当に？　顔色がよくないようだけど」

「ええ、大丈夫です」レベッカはなんとか笑みを作った。早く自分の部屋にたどり着きたかった。

# 4

レベッカは足音を忍ばせてルパートの家の階段を上った。真夜中だが、生まれて間もないジョナサンがいるので二人が起きていないともかぎらない。顔を合わせることだけはどうしても避けたかった。

ようやく自分の部屋にたどり着き、荷物を足元に落とすと、彼女は服を脱いでベッドに倒れ込んだ。

傷ついた小動物のように体を丸めて枕《まくら》を抱き締め、枕に顔をうずめて初めて涙を流す。涙はとめどなく流れ、すすり泣きに全身が震えたが、声だけは枕が受けとめてくれた。

やがて涙がかれ、肩が震えなくなったころ、レベッカはゆっくりと仰向けになり、痛む頭を枕にのせて天井を見つめた。

こうして身も心も痛めつけたのはベネディクト・マクスウェル——わたしが愛し、結婚を望んだ男性だ。しかも、彼が故意にこの結果を招いたことがわかっているだけに、よけいつらい。

初めて目が合ったとき、魂の片割れに出会ったと思ったけれど、あの金褐色の瞳はゴードンの瞳と同じなのだから、初めから親しみを覚えても当然だったのだ。これほど舞い上がっていなかったら、あるいはこれほど見事にだまされていなかったら、とっくに気づいていたはずだ。それなのに、愛し合って結婚する夢を見ていたなんて。

レベッカは自分の愚かさがたまらなくなってうめいた。すべてがこんなにも明白なのに。ベネディクトが魅力を見せつけ始めたのは、ルパートがわたしのフルネームを口にしてからだった。

メアリーが忠告してくれたのに〝彼がわたしの運命の人だとわかるのよ。傷ついたとしても、それはそれで仕方のないことだわ〟と答えたのは、今思えば予言だったともいえる。初めて食事に出かけた夜、ほかの恋人のことを尋ねられ、わたしはあなただけだと答えた。信じると言った彼が〝今のところは〟と言い添えたのを不思議に思ったが、結局、最大の苦痛を与えようともくろむ彼を助けたことになった。思い返すと、聞き過ごしていた言葉が恐ろしい意味を持ってくる。

眠って苦しみから解放されたいと思っても、寝返りを打つばかりで少しも眠れなかった。彼の言葉の一つ一つ、ふるまいの一つ一つがよみがえってレベッカを苦しめる。そのうえ、彼のまなざし、唇のぬくもり、腕に抱き締められたときのあの感覚を思い出すだけで体が熱くうずいてしまう。こんな状態で、どうしたら彼を忘れられるの？

せめて、ベッドをともにしなければよかったのに。彼はひとかけらの好意さえ持っていなかった。わたしが彼との関係に不安を覚えたのはそのせいだったのかもしれない。けれど、その不安がわたしに我が身を投げ出させ、心とプライドをずたずたに切り裂いた。

東の空が白み始めたころ、レベッカは最も屈辱的な事実と向き合っていた。今のこの状況には自分にも責任があると気づいたのだ。

彼はゴードンとわたしとの関係も、わたしのことも誤解しているけれど、一つだけ真実を口にした。彼は一度も結婚しようと言わなかったわ。指輪を見せられて、わたしが勝手にプロポーズされたと思い込んだだけ。視線を避ける彼を神経質になっているのだと誤解して感動さえ覚えた。

彼が結婚式の日取りを決めなかったのも、結婚するつもりがなかったからだと思えば当然のことだ。彼は弟のために復讐《ふくしゅう》したかっただけなのに、わたしは愚かにもその復讐に手を貸した。

そのとき、ジョナサンの泣き声が聞こえたので、レベッカは時計を見た。六時半——毎朝、ジョナサンがおなかをすかして目覚める時刻だ。やがてメアリーが起き出す音も聞こえてきた。やはり、つらい話はさっさとすませてしまったほうがいい。

レベッカは三十分ほどしてからベッドを出て伸びをした。体のあちこちが痛いのは眠れない夜を過ごしたせいで、断じてベネディクトと情熱的に愛し合ったせいではない。いいえ、愛し合ったわけではないわ。彼のほうは愛情がなかったのだから。

彼女はタオル地のローブをはおり、廊下を歩いてバスルームへ向かった。上を向いて顔にシャワーをたたきつけ、体じゅうに石鹸《せっけん》の泡を塗りつけて何度も洗った。ベネディクトの愛撫《あいぶ》の記憶と残り香を完全に消し去りたかった。

そのうちにドアをノックする音が聞こえ、レベッカは我に返った。ルパートだわ。メアリーとルパートはこの古い家の設備を改善しようとする意思がないわけではなかったが、この秋からルパートがアメリカのハーバード大学で教えることになり、改築の時期を延ばした。それで、相変わらず、みんなで一つのバスルームを共用している。

レベッカはベネディクトの優雅な家を思い浮かべ、彼なら耐えられないだろうと考えた。もっとも、わたしを傷つけるという計画を実行するためなら、どんな苦難も乗り越えたかもしれないけれど。

突然、苦いものが喉にこみ上げてきた。ベネディクトの卑劣さを思うと胸が悪くなる。レベッカは吐き気をこらえてタオルでごしごしと体をふき、急いで服を着た。胸のなかで憤りがしだいにつのってくる。ベネディクトはわたしを傷つけるために友人を利用し、指輪を利用したのだ。

レベッカはぬれた髪にタオルを巻きつけ、洗面台の鏡に映った青白い顔を見つめながら誓った。ベネディクト・マクスウェル、どうあっても、あなたにもくろみが成功したと思わせはしないわ。いくらつらくても、傷つけられたことを気取られないようにしなくては。それはわたしの自尊心を守るためよ。

亡くなった父のことが胸に浮かんだ。不屈の精神で病と闘い抜いたパパ。わたしはパパの娘だもの、不幸な恋になんか負けないわ。最も受け入れがたいのは、自分にもある意味で責任があるという事実だ。自分の愚かなふるまいの代償は高かった。

「お待たせ、ルパート」レベッカはドアを開け、バスルームを明け渡して階下《した》に下りていった。

意を決してキッチンに入ると、メアリーは低い椅子に座ってジョナサンにミルクを飲ませていた。彼女は目を上げてほほ笑みかけたが、レベッカの顔を見て眉を寄せた。

「ベッキー、まだ横になっていたら？　疲れているみたいよ。ゆうべは何時に帰ってきたの？」

「おはよう、メアリー。疲れてなんかいないわ」レベッカは調理台へ行き、電気ケトルのスイッチを入れた。「コーヒーをいれる？」

「できているわ。そこのパーコレーターに」

「ああ、ありがとう」レベッカはテーブルの上のパーコレーターからカップにコーヒーをつぎ、メアリーの向かいの椅子に座って彼女の腕のなかをのぞき込んだ。「ごきげんいかが、腹ぺこ王子さま？」

「元気よ。あなたとは比べものにならないくらい」メアリーは青い瞳でレベッカの顔を探った。「一睡もしなかったみたいに見えるわ。何かあったの？」

どう考えてもこの報告をするのに婉曲《えんきょく》な言いまわしはなかった。「実は、婚約を破棄したの」

メアリーはぱっと背筋を伸ばした。「破棄？　いったいどういうことなの？」

「ごめんなさい、メアリー、ベネディクトを泊めてもらったりしてお世話になったのに。でも、婚約したこと自体が間違いだったの」本当の理由は話したくないが、ある程度の説明はしなければならない。「昨日、ロンドンで彼と会って、話し合った末に相いれないものがあるという結論に達したの」

「本当に？　だって、レベッカ……」

「メアリー、このことはもう話したくないの」レベッカはコーヒーを飲み干して立ち上がった。「書斎の電話を使わせてもらっていいかしら？　お手伝いするとと言っておきながら気が引けるんだけれど、しばらく家を空けたいの。できたらジョシュとジョアンのところに泊めてもらおうと思って」

「それはかまわないわよ。でも、ベッキー、結論を出すのが早すぎない？　一度くらいけんかをしたからって婚約を破棄することはないわ。きっとそろそろベネディクトが謝りに来るわよ」

「メアリー、わたしの気持ちは決まっているのよ。言葉どおりに受け取って」

レベッカの口調に何かを感じ取ったのだろう。メアリーは美しい眉を寄せてレベッカを見つめた。

「あなたが本気なのはわかったわ。でも、けんかじゃないんだったら……そういえば、ゆうべはずいぶん遅く帰ってきたわね」メアリーが何を考えているかは明らかだ。彼女はみるみる顔を赤くした。「レベッカ、あなたは男の人とまだ深いおつき合いをしたことがなかったのよね。もしかしたら、ゆうべ、ベネディクトと……」

今度はレベッカが赤くなる番だった。

「かわいそうに、うまくいかなかったのね？ そうなんでしょう？ でも、それで婚約を破棄することはないわ。こういうことは最初からうまくいくとはかぎらないのよ。時間が必要なカップルもあるの。大丈夫よ。すぐにベネディクトが……」

「メアリー、違うのよ。もうベネディクトと一緒にいたくないの。それだけじゃいけない？」レベッカは鋭い口調で言ってから言いすぎたことを後悔した。「ごめんなさい、メアリー。でも、信じて。わたしは冷静よ。よかったら、今すぐ書斎で電話をかけたいんだけれど」

二十四時間で人生がすっかり変わってしまうなんて、だれが考えるだろう。レベッカは書斎の革張りのデスクに両肘をついて顎を支え、宙を見つめた。

そういえば、ベネディクトは先を見越して自分に不利になることをしなかった。わたしを一度も自分の友人に紹介しなかったし、デートはオックスフォードでして、わたしの知り合いにだけ会い……だから、婚約を破棄して恥をかくのはわたしだけだ。

レベッカは気を取り直して受話器を握った。学生時代からの友人、ジョシュとジョアンは結婚してノーサンバーランドに住んでいる。電話で婚約を報告したときには喜んでくれたけれど、破棄したと言ったら、どう思うだろう？ そんなわたしを気持ちよく家に泊めてくれるかしら？

だが、そんな心配はいらなかった。話を聞いたジョアンがすぐにでも来るようにと言ってくれたので、レベッカはほっとして受話器を置いた。

そのとき、軽いノックの音が響き、心配そうな表情のメアリーが現れた。手にしていたコーヒーとビスケットをのせたトレーをデスクに置く。「何か食べないと」

必要なのは食べ物より、時を二カ月前に戻してくれるタイムマシーンよ。レベッカはそう思いながらコーヒーカップを受け取った。「ありがとう」

「本当にそれでいいのね、レベッカ？」

「ええ。今は説明できないけれど、いつか話せるときも来ると思うわ。ベネディクト・マクスウェルはわたしが思っていたような人ではなかったとわかっただけなの。愛していると思っていたけれど、違っていた。あなたとルパートの言うとおりだったわ。あなたたちの忠告を聞いていればよかった……」

電話のベルが鳴り、メアリーが受話器に手を伸ばした。「わたしが出るわ」

メアリーの配慮はありがたかった。いつまで平静を装っていられるか、自分でもおぼつかない。

「はい。あら、ベン。つながらなかった？　ごめんなさい、今しがたまで電話を使っていたから」

レベッカは注意深くカップを置いた。電話をかけてきたのがベネディクトだとわかった瞬間、胸を刺すような痛みを感じ、彼女は深く息を吸った。

「ベッキー」メアリーが受話器を差し出した。「ベネディクトよ。あなたと話したいんですって」

いったいどういう人なの？　よく電話をかけてこられるわね。わたしをこんな目に遭わせておきながら、まだ傷つけ足りないというのかしら？　レベッカはすみれ色の瞳を怒りに燃やして立ち上がった。「ミスター・ベネディクト・マクスウェルにお話ししたくないと伝えて。顔を見るのも名前を耳にするのも、二度とごめんだって」

「聞こえたわね、ベン？」

ベネディクトがなんと答えたのかわからないが、レベッカが部屋を出ようとしたとき、メアリーが叫んだ。「ベン、この家には赤ちゃんがいるのよ！　せっかく眠っているのに、あなたに夜昼かまわず電話をかけてこられたらたまらないわ！」

レベッカはつかつかとデスクに戻り、メアリーの手から受話器を取った。「もしもし、ミスター・マクスウェル？」

「レベッカ？　今さら他人行儀な――ゆうべのこともあるんだから、ベネディクトと呼んでほしいね」

「逆よ、ミスター・マクスウェル。ゆうべのことがあったせいで、あなたをまるで知らなかったとわかったのよ」

「僕の腕のなかで何度もベネディクトと悩ましい声で呼んだきみが？　たしか自分のすべてを知ってほしいと懇願していたのはきみじゃなかったかな」

レベッカは彼が呼び覚ましたイメージを踏みつぶした。「ご用件は何かしら？　それともただのいたずら電話？　だったら、不特定の番号にかけることね、いちいちわたしを困らせないで」

「きみを悩ませているかな、レベッカ？」

「いいえ、べつに。そういえば、婚約を破棄したことをメアリーに話したわ。わたしはそれで終わりだけれど、あなたはタイムズ紙に広告を出さなくちゃならないかもしれないわね」

「話したかったのはそのことなんだ」ベネディクトの声から面白そうな響きが消えていた。

「そうなる前にきみをつかまえたかったんだが……とにかく、レベッカ、婚約を破棄する必要はないんじゃないか？　ずっと……いや、ゆうべひと晩、考えたんだが、僕は少し過剰反応していたかもしれない」

レベッカは驚きに声も出なかった。今度は何をたくらんでいるの？　悔いているような声まで出して。

「ゴードンの死について、きみだけを責められないと気づいた」

事実に気づいたのかしら？　一瞬、レベッカの気持ちは舞い上がりかけたが、次の言葉を聞くうちに彼女の頬は怒りに赤く染まっていった。

「きみは若かったんだ。若い女の子は気まぐれなものだし、男がどんなふうに思うかわかっていなかったんだろう。経験がなく、きれいでロマンティックな女の子だったから、どんなことになるかわからなかっ……」

「やめて」レベッカはぴしゃりと言った。どういう神経をしているの？　傲慢《ごうまん》にも解説しようとするなんて。「もうたくさん。わたしたちは終わったのよ。完全におしまいなの。だから、あなたはアマゾンへ帰るといいわ。あなたの不完全このうえない分析力を木の実を食べるお猿さんの隣で磨くといいのよ。波長が合うんじゃない？」ベネディクトが笑ったので、彼女は怒りにこぶしを震わせた。

「無謀な発言だね、レベッカ。だが、驚かないよ。きみは小さな爆弾だ。ベッドのなかでもそうだった。ゴードンのことさえかたわらに置けば、きみと僕は豊かな大人の関係を作れる」

これがこの人の本性なのかしら。そう思ったとき、レベッカの怒りは張り詰めた風船が爆発するようにして消滅した。わたしがゴードンを死に追いやったと信じながら、肉体の欲望のために目をつぶるというの？　この人には主義も信念もないんだわ。今まで買いかぶっていたわたしがばかだった。

「なぜ電話してきたの、ベネディクト？　いいえ、わかっているわ。悦に入るためね？」

レベッカがつきつけた最後通告に気づいたのか、興味を失ったのかわからなかったが、ベネディクトは冷たい声で答えた。「違う。昨日、列車で帰ったきみが動揺しているようだったから、無事に帰宅できたかどうか確かめるためだよ。それだけだ」

「お心にかけてくださってありがとう。でも、その必要はなかったのよ。では、さようなら」レベッカは皮肉な口調で言って乱暴に受話器を置き、デスクの縁を握り締めて体を支えた。

彼女は脚の震えがおさまってからメアリーのいるキッチンへ向かった。

「しばらくコウブリッジで過ごすことにしたわ」

「そうね。それがいいかもしれない。でも、助けが必要ならわたしたちがいるということも忘れないでね」

「ありがとう」レベッカはすみれ色の瞳に涙をにじませた。「頼りにしているわ」

「元気を出して、ベッキー。忘れないでもらいたいことがもう一つあるのよ。必ず八月最後の日曜日までに帰ってきてね。ジョナサンの洗礼式の日よ」

「忘れるものですか」レベッカはほほ笑んだ。


フォードのシエラに地図とスーツケースを積み、メアリーに手を振って出発したレベッカは、七時間後にコウブリッジに着いた。小さな広場の正面に古い石造りの教会があり、そのまわりを住宅と商店が囲んでいる。

ジョシュとジョアンが住む三階建ての家もその一角にあった。レベッカがベルを鳴らすか鳴らさないかのうちにドアが大きく開き、ジョアンが彼女を迎えてくれた。卒業祝いのパーティーに出席して以来の再会だった。

ジョシュは考古学者としてノーサンバーランド州の文化財保護の仕事につき、ジョアンは隣町のヘクサムの法律事務所で働いている。小さな石造りの家の裏にはタイン川が流れ、庭のテラスから水辺まで下りていけるようになっていた。

家は笑い声に満ち、幸福感にあふれて、初めはそれがかえってレベッカに自分の状態との落差を自覚させ、いら立った気分にさせた。連日、眠れないまま朝を迎えるか、さもなければベネディクトの夢を見て目覚めた。ほてってうずく体を抱えながら夢だったと気づくのだが、考えてみれば、悲しいことに、彼とのこと自体が夢のようなものだったのだ。

だが、そんなレベッカの心も美しいノーサンバーランドの風景やジョシュとジョアンの家の居心地のよさに包まれてしだいに癒《いや》されていった。そのうちに、車で出かけ、ハドリアヌスの防壁に沿って散歩する気分にすらなった。

ローマ帝国が残した砦《とりで》、ハウステッズ・フォートを訪れたときには城壁の上を何キロも歩いた。城壁の上に立つと、そこにかかわってきた人々の存在を感じる。ローマ時代に石を積み上げて百キロにもおよぶ長い壁を築いた人々、それから二千年にわたってこの風景を守ってきた人々。気が遠くなるような時の流れと人々の営みに思いをはせるうちに、この数カ月の自分のふるまいを静かに見つめ直せる気がしてきた。あれは不幸な出来事だったけれど、ノーサンバーランドの悠久の美しさに比べたらあまりに小さい。そして、人生はあまりに短い。過去の過ちにとらわれている暇はないのだ。たとえあの何週間かがこのあとの人生に影を落とすことになるとしても、自分の愚かなふるまいと折り合いをつけなくては。

数日後、オックスフォードへ向かってシエラを走らせるレベッカの顔には安らぎと確信があった。ベネディクトのことでは今後もつらい思いをするかもしれない。それでも、わたしは幸運だ。いい友人と仕事の可能性に恵まれているのだから。それに、いつか運命の人にめぐり合えるかも……。

赤く塗られたドアを懐かしく思いながらレベッカがノックしようとしたとき、そのドアが開き、彼女は飛び出してきたメアリーに抱き締められていた。

「レベッカ！　おかえりなさい」メアリーは彼女を居間へ引っ張っていった。「実は、悪いニュースがあるのよ」

「まさか、ジョナサンに何か？」

「あの子は元気ですくすく育っているわ。ルパートよ。ばかなことをして、首を絞めてやりたいわ」

「ルパートが？」レベッカはソファに座った。ルパートがときどきうっかりして失敗することは知っているけれど、家族を怒らせるようなことをするなんて。「いったい何をしたの？」

「昨日、ベネディクト・マクスウェルが電話をかけてきたの」

レベッカは思わずごくりとつばをのみ、さりげなさを装って尋ねた。「それで？」

「自分は明日のジョナサンの洗礼式で名づけ親を務めるのかと確かめてきたのよ。それをルパートったら〝ああ、頼むよ〟なんて答えて。わたしはそのことを三十分前に聞いたばかりなの。ごめんなさい、ベッキー。ベネディクトに連絡をとろうとしたんだけれど、まだつかまらなくて」

「それだけ？」レベッカはメアリーの困惑を和らげようと笑いまじりに言ったが、内心は動揺していた。一生ベネディクトと顔を合わせずにすむとは思っていなかったけれど、それにしても明日とは。なんてずうずうしい人なのかしら。メアリーが名づけ親を頼んだのは二人が婚約していたからだ。こうなったからには辞退するのが普通だわ。こんなことをするのは、わたしを苦しめたいからなのね。

「レベッカ、あなたは話し合ったうえで婚約破棄を決めたと言ったけれど、あなたとのつき合いももう四年よ。傷ついていることくらいわかるわ。ベネディクトが来るのをとめられるならなんでもするんだけど」

「気にしないで、メアリー。本当に大丈夫だから」だが、声の震えは隠せなかった。この家に戻ったせいで、忘れようとしていた記憶が呼び覚まされる。

メアリーは隣に腰を下ろして手を取った。「ベッキー、そろそろ話してくれない？」

メアリーの人柄の温かさに触れたためか、しばらく時間を置いたためかわからなかったが、レベッカはベネディクトとの間に起きたこととゴードンのことを余さずメアリーに語った。

「かわいそうに」メアリーが肩を抱いた。

レベッカはしばらくメアリーの同情と慰めに身をゆだねてから、深いため息をついて体を起こした。「わたしはもう大丈夫よ、メアリー。しばらくここを離れたおかげで、少し達観した見方ができるようになったの。明日のことは何も心配しなくていいわ。洗礼式はちゃんとうまくやるから」

「洗礼式のことを心配しているわけじゃ……まあ、それも心配だけど、ベンがそこまでひどいことをする人だとは信じられなくて。確かに学生時代の彼はあまり心を開かない人だったし、十二年ぶりに再会したときにもかたくななものを感じたわ。アマゾンであれだけのことがあったからだと思っていたけれど。でも、わざとあなたを傷つけるなんて……」

「そうね。メアリー、失礼して部屋へ行っていいかしら？　横になりたいの。明日に備えて疲れを取っておかなきゃ」


洗礼式の日は雲一つなく晴れわたった。レベッカは午前中、キッチンと裏庭を行ったり来たりして立食パーティーの準備を手伝ったが、ことさら忙しく立ち働くのはベネディクトと顔を合わせることを考えたくないせいだと自分でも気づいていた。

とうとうメアリーが部屋へ追いやった。「支度してきて。教会で式が始まるまで一時間しかないわ」

寝室の窓から通りを見たレベッカは、ルパートとメアリーの両親が到着したのを知って心のなかで感謝の祈りを唱えた。これでベネディクトがやってきても、一人で相手をしなくてすむからだ。

彼女はばら色のシルクのスカートをはいた。ベネディクトとの最初のデートで着たスーツだが、服のことで感傷的になるのはばかげていると自分に言い聞かせてジャケットのボタンをとめた。少しやせたので、スカートのウエストもジャケットも大きい。レベッカは唇をかんだ。もし疑いが当たっていたとしても、今の段階では体重の減少は問題にならない。彼女はもう一度ドレッサーの鏡でシニヨンにした髪の具合を確かめ、部屋を出た。

飲み物をのせたトレーを手に居間へ行くと、うれしくて仕方ないルパートが声高にしゃべり続けていた。かろうじて聞こえた玄関のベルに気づいて、メアリーの母がドアを開けに立ったので、レベッカはどきりとした。もうひと組の名づけ親のウィルトシャー夫妻はすでに着いているから、あとは彼しかいない。

うなじがちくちくし、心臓がとまりそうになったが、レベッカは自分を抑えて深呼吸をし、ゆっくり振り向くと、落ち着いた態度で歩み寄って来訪者に飲み物のトレーを差し出した。

「ウイスキーかシェリーはいかが、ミスター・マクスウェル?」

「やあ、レベッカ」ベネディクトは長い指でクリスタルグラスを取った。「ウイスキーにしよう。それから、ベネディクトと呼んでくれないか」

グレイのシルクのジャケットの袖《そで》からのぞく純白のシャツのカフスがまぶしかった。レベッカの視線がグラスとともに唇へと運ばれる。その感触を思い出し、彼女は無意識に乾いた唇を舌先で湿らせた。

「きみと僕の間で、今さら他人行儀な呼び方はできないはずだよ」

レベッカは驚いて見上げた。ベネディクトもまるで居間に二人しかいないかのように視線を返す。だが、金褐色の瞳には勝ち誇った表情はなかった。

「初めてのデートのときに着ていた服だね。あのときもきれいだったが、今はもっときれいだよ」

レベッカは彼の頬をたたきたい衝動に駆られたが、静かな口調で答えた。「そうだったかしら？　覚えていないわ」

「覚えているはずだよ。まあ、否定したくなるのも無理はないが」彼は顔を近づけた。

「体調はどうだい、レベッカ？」

体調はどうかですって？　あの夜から一カ月、そして特にこの二週間をわたしがどんなに不安な気持ちで過ごしたと思っているの？　そして、今ではほとんど確信している。妊娠しているのだ。精神的な動揺のせいで周期が遅れているものと一縷《いちる》の望みをつないできたが、今朝覚えた吐き気はまぎれもない兆候だ。でも、この人にだけは話せない。

「元気よ、おかげさまで。お客さまの相手があるから失礼するわ」

「レベッカ、待ってくれ」

そのとき、メアリーが声をかけた。「ベッキー、わたしに飲み物を持ってきて。飲んだら、ジョナサンがぐずりださないうちに教会へ行きましょう」

ほっとして車に乗ったレベッカだったが、教会で並んで立っていると彼を意識せずにいられなかった。レベッカはちらりと彼を見た。相変わらず、ぞくっとするほど魅力的だ。少し長めの黒髪が上質のジャケットの襟に触れている。彼がかすかに身じろぎしたので脚が触れ、レベッカは感電したように身をすくませた。司祭の問いに答えるのもやっとだったが、幸い、だれにも気づかれずにすんだようだと思ったとき、ベネディクトが瞳を面白そうに輝かせた。

「ここは教会だよ、レベッカ。安心していい……今のところは」

なんてうぬぼれの強い。レベッカはかっとしたが、向こうずねを蹴飛《けと》ばしたいのを抑えるしかなかった。

家に戻り、招待客を迎えてガーデンパーティーが始まったが、レベッカがベネディクトを避けようといくら動きまわっても、彼が必ずそばにいた。

「そのうち二人きりになれるよ、レベッカ」

ベネディクトが耳元でささやくのを聞き、レベッカは怒りをつのらせてその場を離れたが、学長夫妻と一緒にフィオナ・グリーヴズが来たのを見てほっとした。思ったとおり、フィオナは真っすぐベネディクトのところへ行き、腕を絡めている。

好都合のはずなのに、なぜか視線がベネディクトを追った。彼は人々に囲まれていた。

彼の存在がそうさせるのだと思ったとき、本人が目を上げてウインクしたので、驚いて視線をそらした。

深く息をしても動揺がおさまらない。少し休もうと室内に入り、居間のテーブルの上に飾ってあるプレゼントを眺めた。レベッカが銀のナプキンリングに添えられた〝セットになる日を待ってるわ〟と書かれたカードを読んで笑みを浮かべたとき、フィオナの声がした。

「わたしがあなたの立場だったら、笑ってなんかいられないわね」

ベネディクトと一緒だったんじゃなかったの？　顔を上げると、開け放たれた戸口からメアリーがベネディクトを書斎に連れていくのが見えた。

「どういう意味かしら？　いいパーティーだわ」

「強がりはやめたら、レベッカ？　あなたはだれもがうらやむ結婚相手を取り逃がしたのよ」

「大げさね。彼は人類学者よ。億万長者というわけじゃあるまいし」

「あなた、知らないの？」フィオナは赤い髪を揺らして笑った。「億万長者以上よ。M&Mというエレクトロニクスの英仏合弁会社を知っているでしょう？」レベッカがぽかんとした顔をしているので、フィオナは続けた。「モンテーヌ&マクスウェルよ。二週間前にもジェフ・ケイツの番組で取り上げられていたでしょう？　ベネディクトがインタビューを受けて、純粋な学者ではないし、未知の部族の発見も幸運によるものとほのめかされて怒っていたわ」

「そんなばかなこと」レベッカはなぜ自分がベネディクトをかばって憤慨しているのかわからなかった。

「まだあるのよ。富が富を呼ぶとか、名声が名声を呼ぶとか。アマゾンのフィールドワークだって、彼は会社から二年の休暇を取って出かけたのに。彼が死亡したと報じられてから彼の伯父のジェラール・モンテーヌが会社を運営していたけれど、今はベネディクトが最高経営責任者なのよ」

レベッカは口を開けたままフィオナを見つめた。あのM&Mがベネディクトの会社？ ドーバー海峡トンネル建設における電子工学面での貢献で名を知られる会社だ。そういえば、ゴードンがお母さまはフランス人だと言っていた……。

「レベッカ、言っておきたいことがある」がっしりとした手に彼女は腕をつかまれた。振り向くと、怒りをみなぎらせたベネディクトがいた。顔を真っ赤にし、空気までぴりぴりしている。何を怒っているのか知らないけれど、わたしは八つ当たりされる覚えはないわ。もう二度と……。

「ベネディクト、やっと戻ってきてくれたのね」フィオナが鼻にかかった声を出した。

「あっちへ行ってくれ、フィオナ。元フィアンセと二人だけで話をしたいんだ」

顔を真っ赤にして出ていくフィオナをレベッカは気の毒にさえ思った。「ずいぶんなお行儀ね。もっとも、今に始まったことではないけれど」

レベッカの言葉に、ベネディクトが腕をつかむ手に力をこめた。

「放して！」

「話がすんでからだ。まず説明してもらおう」

じろりとにらみつけられ、レベッカは書斎へ引っ張られていった。どういうつもり？

メアリーの最良の日に騒ぎを起こしたら、一生、許さないから。

ベネディクトが書斎のドアを閉めた。「いったいメアリーに何を言った？ こんな侮辱を受けたのは初めてだ。メアリーは事前に僕と連絡がとれたら、名づけ親を降りてくれるよう頼むつもりだったと言った。これはきみの差し金だろう？」

レベッカはうめいた。メアリーが率直にものを言う人だとわかってはいたけれど……さっきベネディクトをここへ連れてきたのはそのためだったのね。

「どうしてそんなに怒っているの、ベネディクト？ 予測できなかったことではないでしょう？」レベッカは惨めな気持ちを隠して冷たく言い放った。メアリーが彼をつかまえて抗議するとは、わたしも予測できなかったけれど。

「レイプしたと非難されるとは思ってもみなかったよ」彼はレベッカをぐいと胸に引き寄せ、乱暴に唇を重ねながら、片手でシニヨンにした髪をほどいた。

髪が肩に落ち、レベッカがはっとすると同時にキスが優しくなった。思わず吐息をもらしたとき、彼は唇を離し、ばら色に上気した小さな顔を見つめた。

「メアリーが今のきみを見たら嘘《うそ》をついたとわかるだろうね。復讐のために誘惑しただって？　冗談じゃない。きみが僕にまとわりついていたんだ」

事態は思っていたより悪かった。メアリーは婚約破棄について抗議するだけでなく、自分の疑いをつけ加えて非難したのだ。「わたし……メアリーに嘘なんかついてないわ。大切な友達だもの。話したのは……事実だけよ」やっと再出発しかけたところだったのに、また初めからやり直すなんて。わたしはベネディクトのことを一生乗り越えられないの？

「きみの一方的な話だろう？　反論しようにもゴードンはもういないんだ」

レベッカはゴードンの名前がもたらす胸の痛みを押しやって言った。「ゴードンだって同意してくれるはずよ。本当に優しい人だった。ある意味では、あなたは彼のことを知らないのよ」

「たいしたものだな、きみは。その大きなすみれ色の瞳を見ていると惑わされそうになる。だが、僕はきみがどれほど害を及ぼす存在か知っているんだよ。メアリーもゴードンと同じようにすっかりきみにだまされてしまった。学生時代からの友人も、たった四年間かかわっただけのきみに僕がひどい男だと吹き込まれてあっさり信じた。長年の友情もこれでめちゃめちゃだ。まったく、きみという女は！」

ベネディクトに突き放されて後ろに下がったレベッカは、まつげの下から彼を見た。ぴくりともせずに立っているこわばった体に侮蔑《ぶべつ》と怒りをみなぎらせている。

「何も言い返すことはないのかい、レベッカ？」

もうたくさんだ。レベッカは顔を上げ、漆黒の髪を後ろに払った。「ずいぶん感情的なのね、ベネディクト。だれでも自分の言動には責任を持たなければいけないと父が言っていたけれど、あなたは……あなたは臆病《おくびょう》者だわ。それに、卑怯《ひきょう》よ」

「僕は女性に手を上げたことはないが、きみのおかげで初めての前例ができそうだよ」

「あなたがすることですもの、驚かないわ。今はあなたの本性を知っているから。あなたは自分の罪の意識を軽くするためにだれかを身代わりにしたいのよ。あなたはお母さまのそばにいてあげなかった。ゴードンはあなたの百倍もいい息子だったわ。家族があなたを必要としているときに、あなたはどこにいたの？　アマゾンの奥地をさまよっていたんですものね」

彼の顔から血の気が引き、唇が引き結ばれた。だが、レベッカは自分が傷つけられたのと同じだけ彼を傷つけずにいられない気持ちになっていた。

「ゴードンはお母さまが自分を必要としているから夏休みを一緒に過ごしていると言っていた。彼はそういう人だったの。優しくて、思いやりがあって。あなたは本当にゴードンを知っているの？」

ベネディクトがたじろいだが、レベッカはかまわずに言いつのった。もうとめられなかった。

「お母さまは最愛の夫を亡くし、あなたも命を落としたと聞いて取り乱しているとゴードンは言っていたわ。それから、お父さまの死は悲しいけれど、あなたにはほとんど会ったこともないからお父さまほどにはつらくないと。どうしても非難の対象が必要なら、身勝手な自分を非難することね。それに、わたしを嘘つき呼ばわりする前に、ゴードンの検視報告書を読むといいわ。いやしくも研究者と呼ばれる人にしては調査が不充分じゃないかしら」

レベッカはそう言うなり、つかつかと戸口へ向かった。ベネディクトは動かない。彼女はドアノブに手をかけてから振り向いた。

「ジェフ・ケイツが番組で言ったとおりかもしれないわね、億万長者さん。アマゾンでのあなたの成功は幸運だっただけなんだわ」

捨てぜりふを残してレベッカは書斎を出たが、もう一度振り向いていたら、くずおれるように椅子に腰を下ろし、両手で頭を抱えるベネディクトの姿を目にしただろう。

# 5

「ありがとう《メルシー》」レベッカはギャルソンに言い、カップを口に運んでひと口コーヒーを飲むと、満足げに吐息をついた。フランス人ほどコーヒーをおいしくいれられる人々はいないと思う。それに、三日ぶりに一人になれて、心からほっとした。

六月の光が降り注ぐロアイヤンのマリーナにヨットが浮かび、高いマストが風に揺られてぎいぎいと音をたてていた。オープンカフェの客たちのフランス語の音楽的な響きも相まって、夏のフランスのリゾートで過ごす日曜日の気分をかき立てる。

目の前の歩道に小さな男の子がアイスクリームを落として泣きだしたのを見て、レベッカはジョシュとジョアンにあずけてきた息子のダニエルのことを思い、せつなくなった。息子を置いて出かけるのは初めてだし、つらかったが、シングルマザーとしては仕事もおろそかにできない。

大型のクルーザーが白い船体を輝かせて港に入ってくるのが見えた。マリーナの停泊位置に入るには大きすぎるので、岸壁に沿ってまわり込んで埠頭《ふとう》の船だまりに着けるのだろう。そのうちに背の高い黒髪の男性がデッキに姿を現し、日に焼けた肌を午後の日ざしに輝かせながら軽い身のこなしで埠頭に飛び移った。顔は見えないが、しなやかな動きにどこか見覚えがあると思いかけたとき、少女が金切り声をあげて走ってくるのが見えた。

「ミセス・ブラケットグリーン！」

「どうしたの、ドロリス？」レベッカはのびやかに成長した十六歳の少女を見上げたが、彼女がビキニしか身に着けていないことに気づいて顔をしかめた。「ビーチから一歩でも出るときには何かをはおりなさいと言ったはずよ」

「はい、でも先生、それどころじゃないの。ドジャーがミスター・ハンフリーに頼み込んで双胴ヨット《ホビーキャット》で海に出て、たいへんなことになっちゃって」

レベッカは驚いて立ち上がり、ポケットから出したフラン硬貨をテーブルに置いて浜辺へ駆け下りていった。そして、埠頭に立って奇妙な表情を浮かべている男性のことはすっかり忘れてしまった。

今回のフランス旅行は最初から波乱含みだった。イギリスを出発した当日の金曜日にミニバスを交代で運転するはずだったミス・スマイズがドアに指を挟んで傷め、ミスター・ハンフリーは運転ができないので、十六歳の生徒たちを引率するかたわら、一人で運転を引き受けるはめになったのだ。

今度は何をしでかしてくれたの？　レベッカは胸のなかで叫びながら砂浜へと走った。

ミス・スマイズは宿舎で夕食の準備をしているし、しばらくの間なら若いミスター・ハンフリーにまかせても大丈夫だと思ったのに。だが、海上に視線を走らせたレベッカは自分の判断の誤りを思い知った。小型のヨットが大きな白い帆に強い風を受けてジロンド川の河口域を運ばれていくのが見える。その先は大西洋だ。デッキにしがみついている二つの人影を乗せたまま、みるみる小さくなっていく。

「ドロリス、クラスのみんなを集めて！」そう命じて砂を蹴《け》って走ったが、脇《わき》を三人のライフガードが追い抜いていくのに気づいて少しほっとした。見つけてくれたのだ。ライフガードはモーターボートに飛び乗り、たちまちホビーキャットに追いついた。

レベッカは曳航《えいこう》されたホビーキャットが浜に揚げられるのを見て安堵《あんど》の息をつき、生徒の人数を数えた。男子生徒が五人、女子生徒が四人、あとはドジャーとミスター・ハンフリー、ミス・スマイズ、自分を加えて総勢十三人。よかった。みんないるわ。

彼女は生徒たちがはやし立てるなかでホビーキャットから降りてきた二人をにらみつけた。

「座って！　ああ、ミスター・ハンフリー、あなたはホビーキャットの始末のほうを」四年間、ロンドンの低所得層が暮らす地域の総合制中等学校《コンプリヘンシヴスクール》で教えてきた経験に照らし合わせて考えると、眼鏡をかけてひょろりとしたミスター・ハンフリーは、お世辞にも世慣れた生徒たちの指導に適任とはいえない。「静かに！」レベッカは叫び、生徒の顔に視線をめぐらせてから騒動の犯人をねめつけた。「ドジャー、あなたの行動について説明してくれるわね?」

「海に出てみたかったんだ。せっかくヴァカンスでここに来ているんだから」

「いい? 聞きなさい。みんなもよ。これ以上、ばかなことを考えるようだったら、明日にでもイギリスに帰るわよ」

黒いカーリーヘアをショートカットにし、カットオフジーンズと丈の短い黒のタンクトップを着て古びたリーボックを履いた小柄な女性が、自分よりはるかに大きな少年少女を前に並べて叱《しか》りつける――はたから見れば奇妙な光景だが、レベッカは気づきもしなかった。

「この旅行は最初からトラブル続きだったけれど、ライフガードに助けられるにいたっては、もうほうっておけないわ。突然の悲劇になるところだったのよ。ドジャー、海でヨットを操れると思うなんてとんでもない。ハイドパークのサーペンタイン池でボートをこぐのとわけが違うのよ。どうして……」

どこかから男性の笑い声が聞こえたので、レベッカはあたりを見まわした。そんな! これこそ突然の悲劇だわ。なぜベネディクト・マクスウェルがここにいるの? 心臓が胸を破らんばかりに打ち始め、最後に会った五年前のことを思い出した。彼はあのときも笑っていたわ。苦い思い出がよみがえったが、同時にプライドも頭をもたげた。今のわたしはもう彼に傷つけられたりはしないわ。

ベネディクトは笑いに息を切らしながら言った。「レベッカ、野心をかなえたんだね」金褐色の瞳を面白そうにきらめかせて生徒たちを見渡す。「どんな学校で教えているんだい？　実にユニークな生徒たちだね」彼は数メートル離れたところに立っていた。カーキ色のショートパンツをはいているだけで、上半身は裸だ。

レベッカは笑うベネディクトに背を向け、きっぱりした声で命じた。「ドジャーとトムキンズ、みんなを二チームに分けてサッカーの試合を始めて」

「先生、どうしてその人と話さないの？　おじさんにしては悪くないと思うけど」ドロリスが言った。

話したくないどころか、存在を無視したいのだ。でも、おじさんですって？　レベッカは思わず唇をひくつかせた。聞こえたわね、ベネディクト？

「大丈夫だよ、おじさんは自分でちゃんと話くらいできるから。それより、先生の言うとおりにしたらどうだい？　サッカーだぞ。さあ！」

子供たちが走っていく。レベッカは肩に大きな手を置かれて飛び上がった。いつの間にこんなに近づいていたのだろう？　彼女は肩をすくめて一歩あとずさりした。「わたしも自分の生徒の面倒くらい自分で見られるわ。ほうっておいて」

「悪かったね、レベッカ」唇にはまだ面白そうな表情が残っているが、上気した彼女の顔を見つめるまなざしはなぜかまじめだった。レベッカは一瞬、彼はどこまでのことを詫《わ》びたのだろうと考えたが、彼が嘲《あざけ》るように続けたのでそのことを忘れた。「だが、手助けを必要としているように見えるよ」

「あなたにだけは助けられたくないわ」レベッカはぴしゃりと言い返した。どういう運命のいたずらで異国の海岸で、しかも着いたその日にベネディクトと会わなくちゃならないの？　二度と顔を見たくなかったのに。実際、五年間、見ずにすんだのに。

「きみが相変わらず小さな爆弾だとわかってうれしいよ。僕が知っていた……」彼は真っ白な歯をのぞかせて残忍な笑みを浮かべた。「そして、愛していた爆弾だ」

嘘《うそ》よ。あなたはわたしを愛してなどいなかった。でも、言い争うつもりはない。レベッカはサッカーをしている生徒たちに注意を向けた。「オフサイドよ、ドロリス！」次に同僚に声をかける。「ミスター・ハンフリー、代わるわ。日に当たりすぎじゃない？」体を動かせば脚の震えがとまるかもしれない。

「まだいいじゃないか、レベッカ」

彼女は腕をつかんだベネディクトをにらみつけた。彼は体のぬくもりが感じ取れるほど近くにいる。

「話をしたい。説明したいんだ。チャンスをくれないか？」

レベッカは一瞬、五年前の自分に戻ったような気がしたが、次の瞬間、背筋に冷たいものが走るのを感じた。間違っていたわ。この人は今もわたしを傷つけることができる。もしも、わたしが秘密にしていることを知ったら……。

「変わらないのね。あなたはいつも自分の要求ばかり」ベネディクトの顎がこわばるのがわかった。「いくら言っても要求が通らないのは、きっとあなたにとっては初めての経験でしょうけど」レベッカは冷たく言った。「手を放して」

ベネディクトはミスター・ハンフリーが近づいてくるのに気づいて手を放した。「いいだろう。今は時も場所もふさわしくない。今夜、食事をしよう」

「いやよ」レベッカが答え、ベネディクトが金褐色の瞳を危険な色にきらめかせたとき、ミスター・ハンフリーがやってきた。

「ありがとう、レベッカ。日焼けしすぎたみたいだ。それじゃ」若い教師は手を振って引き揚げていった。

このままベネディクトを無視したかったが、礼儀はわきまえなければならない。レベッカは振り向いた。「さようなら、ミスター・マクス……」

「そう慌てないで」ベネディクトは脅すように大きな体で一歩近づいた。「なぜだ？　何が怖いんだ？」

気づかれるわけにはいかない。レベッカはすみれ色の瞳を見開いて彼を見た。「蛇かしら。でも、あなたでないことは確かよ」彼が表情を硬くするのを見て続ける。「失礼するわ。生徒が待っているから」

レベッカは走っていってサッカーに加わった。彼の視線を痛いほど背中に感じたが、ひたすら意識をゲームに集中させた。やがて、視界の隅で去っていくベネディクトの姿をとらえたときには、心底、ほっとした。よかった。とうとう行ってくれたわ。

夜が更けて宿舎はやっと静かになった。長い一日だったとレベッカは思った。パリで二泊したあと、朝早く出発して昼ごろ、疲れ果ててロアイヤンに着いた。ビーチを見下ろすこの古い別荘は数年前にミス・スマイズが退職後の楽しみのために捨て値で買ったものだが、生徒たちの宿泊所として提供してくれている。一階に大きな部屋が三つ、二階に寝室が四つとバスルームが一つあり、その上階に屋根裏部屋が四つとバスルームが一つある。男子生徒は屋根裏部屋を、女子生徒は二階の部屋を選んだ。

レベッカは重い足取りで二階の自分の部屋へ向かい、ベッドに入った。何も考えられないほど疲れていると思ったが、一時間たっても眠れない。暑いせいだと思い込もうとしたものの、それが嘘であることはわかっていた。眠れないのはベネディクト・マクスウェルのせいだ。

五年前のあの日、書斎を出たあと、十分ほど自分の部屋で気持ちを落ち着けてから、パーティーに戻ろうと階段を下りかけたところで、別れの挨拶《あいさつ》をしているベネディクトに気づいた。彼も下りてきたレベッカを見つけてゆっくりと近づき、わざとらしく言った――もう一度きみに会えてよかったよ、ダーリン、これからもずっといい友達でいよう。そして、厚かましくキスまでした。

レベッカは彼を突き飛ばし、笑い声を響かせて去っていく彼を怒りのあまり口もきけずに見つめていた。翌日、教職課程をとるためにノッティンガムへ移ったが、彼の笑い声はいつまでも耳に残った。

ノッティンガムでの暮らしが始まると、昼間は講義に気持ちを集中させることができたが、夜、借りた部屋で一人になるといつも涙がこぼれた。

十月にはアメリカへ出発するルパートとメアリーを送る会に出席するためにオックスフォードを訪ねたが、ノッティンガムに戻る途中で初めて冷静になって考え、すぐに医師の診察を受けて妊娠の事実を受け入れた。ワンルームの部屋を寝室二つのアパートに借り換え、クリスマスはジョシュとジョアンとともに過ごして妊娠したことを打ち明けた。イースターの休暇の間にダニエルが生まれ、ジョアンが一カ月、泊まり込んで世話をしてくれた。

大学での勉強は順調に進み、最後の試験も見事にパスした。希望どおりロンドンの学校に職を得て、あの夏はダニエルの育児と新しい住まい探しに奔走した……。

レベッカはベッドを出て窓辺へ行った。月明かりの砂浜に静かに波が寄せている。恋人の愛撫《あいぶ》のような優しさだ。こんな美しい光景を見ながら心が不安でいっぱいなのはベネディクト・マクスウェルのせいだ。でも、わたしがしたことは間違っていなかったわ。そうでしょう? レベッカは同意を求めるように星空を見上げ、かすかに身を震わせた。

気をつけないと、偶然の再会がわたしの幸せをめちゃめちゃにしてしまうことになるわ。


「友達を一人連れてきたんだけど、いい?」

レベッカは不意に聞こえたドロリスの言葉に驚いて、バーベキューフォークに刺そうとしていたソーセージを落とした。毒づきながら庭先に目を移すと、ドロリスがベネディクトを引っ張ってやってきた。ほかの生徒もにやにやしながらついてくる。

「先生の友達に会ったから、お昼に招待したの」

「かまわないかな?」ベネディクトが近づいて、さっそくレベッカの全身に視線を走らせた。

よりによって、今日身に着けているのはショートパンツとビキニのトップだ。レベッカは後悔したが、それよりも、問題は彼がなぜここにいるかだった。ミス・スマイズが生徒を町へ連れていったはずなのに、どうしてこういうことになったのだろう?

黒のノースリーブのスウェットシャツにベージュのチノパンツ、グッチのローファー。ベネディクトは相変わらず男性的な魅力を漂わせている。

「髪を切ってしまったんだね。昨日、知ったときにはショックだったよ。枕《まくら》の上に広がるあの美しい髪が忘れられない。でも、その髪型もいいね」

さりげなく髪に触れられ、レベッカはたじろいだ。彼の言葉に記憶がよみがえり、思わず口調が険しくなる。「子供たちにむやみに話しかけるなんて。もっと分別のある人だと思っていたわ」

「レベッカ、ドロリスと話したのは、単にきみの居場所を知りたかったからだよ」

それは本当だろう。ただ、わたしは居場所を知られたくなかった。彼は危険だわ。今のわたしには守るべきものがたくさんあるから……。

レベッカが彼に厳しいまなざしを向けて帰ってほしいと言おうとしたとき、ミス・スマイズが口を挟んだ。「お友達に再会できてよかったわね、レベッカ。ミスター・マクスウエルはお父さまの教え子なんですって？　こんなところで偶然出会うなんて、世界は狭いわね。このけがのことを話したら……」ミス・スマイズは包帯を巻いた手を上げた。「どうおっしゃったと思う？」

ベネディクトの目が勝ち誇ったようにきらめくのを見れば、その答えがレベッカの気に入るものではないことは明らかだった。

「ミスター・マクスウェルはクルーザーの修理のために何日かここに滞在されるんですって。それで二日間、車の運転を引き受けるとおっしゃってくださったのよ。そればかりか、木曜日には子供たちをクルーザーに乗せてくださるんですって。すばらしいでしょう？」

レベッカは心のなかでうめいた。想像以上に悪い答えだ。「ミスター・マクスウェルにそこまでしていただくわけにはいかないんじゃないかしら」

「なぜだい、レベッカ？　喜んでさせてもらうつもりでいるのに。友達だろう？」

レベッカはベネディクトをにらみつけた。彼はすでにミス・スマイズの信頼も生徒の信頼も勝ち取っているに違いない。ここでわたしが本当のことを言ったら、みんなはどんな顔をするかしら？　この人はわたしを誘惑して妊娠させ、子供を……ああ、ダニエル！　息子のことを思うと、レベッカの怒りはたちまち冷めていった。気をつけなくては。ちょっと口を滑らせただけでも、ベネディクトが何に気づくかわからない。敵意をむき出しにするのは賢いとはいえないわ。今は彼のゲームにつき合うほうが得策だ。友達のふりをして、この二、三日さえ乗り切れば、二度と顔を見なくてすむんだもの。

「本当にご迷惑じゃないのかしら？」レベッカは自分の演技力に驚きながら尋ねた。「あなたに運転していただけたら助かるけれど」この子たちが相手では、きっと半日で音を上げるわ。

「もちろんだよ、レベッカ。喜んで」

そんなことを言っていられるのは今のうちよ。レベッカはほくそ笑みながら長いテーブルに食事のセッティングを始めた。

だが、みんなが席につき、空いているのはベネディクトの隣だけだと気づいたときには、そんな余裕もなくなっていた。レベッカは長いベンチの端に腰を下ろしたが、彼と脚が触れ合うと、さらに端へにじり寄った。

「神経質になる必要はないよ、レベッカ。さあ、飲んで」ベネディクトは彼女のプラスティックのカップに安物のワインをついだ。「本当はつき合いの再開を祝してシャンパンで乾杯したいところだが」

金褐色の瞳がじっと見つめている。レベッカは彼の魅力が逃れがたいものであることを思い知った。

「おつき合いの再開というのは少し違うんじゃないかしら」彼女は慎重に言った。

ベネディクトは唇にゆっくりと笑みを浮かべた。「違わないよ。僕はそれ以上のことを望んでいる」彼の視線が胸元へとさまよい、レベッカの体を心ならずも燃え上がらせる。「明日はコニャックへお供するし、水曜日はハイキングだったね。木曜日はクルージングだ」

「その必要はないわ」レベッカは決意を忘れて声をとがらせた。

「でも、僕を必要としているだろう、レベッカ」

レベッカは頬を染めて視線をそらした。必要としてなんかいないわ。彼も、ほかの男性も。

「子供たちの相手をするためにね。金曜日までここにいるから、一緒にディナーに出かけることだってできるんじゃないかとドロリスが言っていたよ」

ばかなわたし。個人的に必要と言ったわけではなかったのよ。「ドロリスのおしゃべり！」

「きみはいつも生徒たちのことをそんなふうに言っているのかい？」ベネディクトはくっくっと笑った。

レベッカは彼を無視してソーセージを皿に取った。ドロリスにはよく言っておかなくちゃ。ほうっておいたら、わたしの個人的なことまでしゃべるかもしれない。気持ちを落ち着けようとワインを飲み、ソーセージを頬張ったが、しばらくして気づくと、ベネディクトは水曜日の夕食に彼女を連れ出すことをほかの二人の教師に承諾させていた。

「だめよ！　生徒たちをお二人にまかせて出かけるわけにはいかないわ」

「レベッカ、あなたには負担をかけっ放しですもの。夜くらい、懐かしいお友達と出かけてちょうだい。そうでもしてくれないと申し訳なくて」ミス・スマイズが言い張った。

レベッカは怒りに燃える瞳をベネディクト・マクスウェルに向け、金褐色の瞳の満足そうな笑みに出合って奥歯をかみ締めた。ベネディクトは人を操るエキスパートなのだ。でも、彼が生徒たちに二日間つき合ってまでわたしを食事に連れ出すからには、何か隠された目的があるはずだわ。ここで怒りを爆発させるより、それを探るほうが身のためだ。

レベッカはベネディクトの様子を観察した。少しやせて、真っ黒だった髪にいく筋か白いものがまじり、記憶のなかの彼よりずっと年を取った感じがする。たぶん、四十歳くらいになっているはずだ。だが、風貌《ふうぼう》の変化は加齢によるものというより、激しくかたくなな内面がにじみ出た結果のように思われた。あるいは、わたしが、もはや恋というばら色の眼鏡を通して見ていないからかもしれない。

「どうしたんだい？　初めて見るような目つきで僕を見るなんて」ベネディクトが尋ねた。

レベッカはばつの悪さに首まで真っ赤になったが、注意深く言葉を選んで答えた。「もう五年よ。初めて見るのも同然だわ。でも、覚えているかぎりでは……」彼女は意図的に話題を現在に戻した。「あなたが自分から進んで子供たちと過ごそうと思うなんて考えられない。あなたのライフスタイルはこの種の煩わしさと無縁のものと思っていたから」

「なぜ僕のライフスタイルがわかるんだい？　きみは婚約を破棄して、それ以後、僕のことをいっさい知ろうとしなかったのに」

わたしが婚約を破棄したですって？　何もかも忘れたとでもいうの？「当然じゃないかしら」

「確かに僕が悪かった。だから手紙を書いて謝ったけれど、きみは返事をくれなかった。あのときはそれもきみの意思と思って事実を受け入れたが、きみが言うとおり、五年もたったんだ。許してもらえる可能性もあるんじゃないかと思って」

嘘よ。手紙なんて一度ももらわなかったわ。

「きみの友人でいたいんだ、レベッカ。できれば過去を清算して。昨日、港できみの姿を見つけたとき、自分の幸運が信じられなかった。とうとう釈明できるチャンスが訪れたんだ。やはり、手紙では不充分だったんだね」彼は真剣な口調で言ったが、レベッカはその言葉を信じられなかった。

そのとき、幸いにもミス・スマイズが声を張り上げた。「みなさん、全員があと片づけを手伝ってくれたら、午後はビーチで過ごせますよ」

ベネディクトは初めて二人だけでなかったことに気づいたというそぶりであたりを見まわし、再びレベッカに視線を向けた。

「また改めて話そう。必ずだ」彼は脅すように言い、返事を聞く前に立ち上がって、魅力たっぷりに、仕事の約束があるからといとまごいをした。そして、最後に鋭い視線をレベッカに向けた。「ミス・スマイズの話では、明日の朝は九時に出発だそうだから、そのときにまた」

「ええ。さようなら」レベッカはいら立ちながらも同意せざるをえなかった。

その後、レベッカはビーチで遊ぶ生徒たちに監視の目を向けながら昨日の午後からのことを考えた。

わたしに状況を変える手立てがあったのかしら？　何度考えても思いつかない。ベネディクトはあっさりとミス・スマイズの心をつかんでしまった。先輩教師である彼女の決定に異論を申し立てるのは難しい。ベネディクトを無視したり、不機嫌な態度を示したりしても、彼はそれを挑戦とみなして、せんさくを始めるだろう。疑いさえ抱きかねない。それだけは何があっても避けなければ。間違った判断ではないわ。たった数日のことだもの。

彼女は夕食のあとでコウブリッジのジョシュとジョアンの家に電話をかけてダニエルと話し、夫妻の娘のエイミーと楽しく遊んでいると聞いて、ほっとして電話を切り、散歩に出かけた。

ベネディクトの出現がもたらした動揺が予想外に大きかったことは否定できない。それにしても、ダニエルが彼にそっくりだという事実に今ごろ気づくなんて。それに、奇妙な胸騒ぎがするのはなぜ？

ミニバスの助手席に座ったレベッカはハンドルを握るベネディクトをちらりと見た。健康的でエネルギーに満ちあふれ、いつもの気難しい表情さえ和らいで見える。サングラスをかけているので目の表情は読めないが、口元を見るかぎり、満足しているような気配だ。認めたくはなかったが、運転を代わってもらえるのはありがたかった。

「どうしたんだ、レベッカ？　浮かない顔だね。僕と一緒にいるのがそんなに苦痛なのかい？」ベネディクトが不意に尋ねた。

「そんなことないわ。それどころか、ラッキーだったと考えていたくらいよ。運転は嫌いではないけれど、ずっと一人で運転するのはつらいから」

「ミス・スマイズには気の毒だが、僕がここにいられるのも彼女のけがのおかげだから、いくらでも運転するよ。ただ、この車の状態だけはいただけない。こんなぼろぼろの車で、よくイギリスから運転してこられたものだ」

「少し古いだけよ。優しく扱ってあげれば問題ないわ」

ベネディクトはにやりとした。「僕と同じだ」

レベッカは窓の外に顔を向けた。久しぶりにあのほほ笑みを見て温かい気持ちになったが、それを知られるわけにはいかない。彼の魅力に引き込まれるのは簡単だが、それがどういう結果を招くかはよくわかっている。わたしだって同じ間違いを繰り返さないくらいの分別はあるわ。

目的地に近づくと、ベネディクトがコニャックが醸造されるようになった歴史的背景を生徒たちに説明した。道路の両側にぶどう畑が広がり、コニャックにする前のワインの試飲を誘う案内板があちこちに見え始めた。

町の中心部に着くころには、それまで面白くなさそうにミニバスに揺られていた生徒たちがすっかり興味をそそられていた。ベネディクトが好奇心に火をつけたのだ。レベッカにとっては意外だった。

「どうしてそんな顔をしてるんだ、レベッカ?」彼女がミニバスを降りるのに手を貸しながらベネディクトが言った。

「あなたが子供たちとうまくつき合える人だとは思わなかったから」レベッカはしぶしぶ認めた。

彼は手を握ったまま言った。「子供は好きなんだ。いつかは自分の子供も欲しいと思っている」サングラスを取って思わせぶりな笑みを浮かべ、顔を近づける。「興味があるかい、レベッカ?」

レベッカは頬を染めて手を引っ込めた。「いいえ、けっこうよ」

「どぎまぎしているね?　女性としての経験のせいかい?」さらに赤くなった顔を探るように見つめる。

レベッカは答えずに背を向け、生徒に呼びかけた。「みんな、こっちよ」

ベネディクトが先に立って歩いていったので、レベッカはほっとして、思いがけず襲ってきた罪悪感を容赦なく抑えつけた。秘密を打ち明けてしまうところだったわ。これからはもっと慎重にしなければ。

蒸留所は川岸に立つ大きな建物だった。みんなで興味深く蒸留の過程を見てまわり、コニャックと樽《たる》の博物館で中世までさかのぼって歴史を学んだあと、フェリーで対岸に渡って古い貯蔵所《セラー》を見学し、百年も前から年ごとに並べられて貯蔵されている膨大なブランデーの樽に驚きの声をあげた。

「このにおいだけで酔ってしまいそう！」ガイドがビデオの上映に備えて生徒たちを座らせている間に、レベッカは思わずベネディクトに話しかけた。

「大丈夫だよ。僕がしらふでいるかぎり」彼はそうささやいて隣に腰かけた。

薄暗いセラーから外に出ると、明るい午後の日ざしが目を射た。レベッカはふらついたが、ベネディクトが肩を抱いたので新たなめまいを覚えた。

レベッカは売店でＶＳＯＰを買った。これならジョシュとジョアンへのいいお土産になる。そう思ったとき、ベネディクトの低い声が聞こえた。

「気をつけなくちゃいけないよ。上質のブランデーの味は自制心を失わせる」

「これは友達へのお土産よ」

「男の友達かい？」

「ええ」レベッカは答えた。これで、彼も親しげなふるまいをやめてくれるかもしれない。

「幸せな男だ」ベネディクトはそっけなく言ってからほほ笑んだ。「いや、それほどでもないかな。彼は今、ここにいないからね」いきなり身をかがめて額にキスをし、肩に手をまわして隣に引き寄せた。「買い物がそれでおしまいなら、よけないと、並んでいる人の邪魔になる」

レベッカは彼の体のぬくもりと思いがけないキスに動揺してＶＳＯＰの包みを抱き締め

た。二人の間で高まる緊張を感じているのはわたしだけなの？

「ああ、そうね」レベッカはこわばった声で答えながら、内心でうまく彼をあしらってやり過ごそうと思ったことを後悔し始めていた。彼と適度な距離を保って接するのはひどく疲れて、神経がずたずたになってしまう。


なんて贅沢《ぜいたく》なのかしら。アンティークのバスタブにはったお湯に顎までつかり、レベッカは吐息をもらした。バスルームは女性六人で共用しているにもかかわらず、生徒たちが一時間の占有の特権を与えてくれたのだ。だが、これが自分をベネディクトとの食事に追いやる作戦の一環であることも知っているので、感謝の気持ちも半減する。

それでも唇に笑みが浮かんだ。今日は生徒たちをミニバスに乗せてルート・ヴェルトを走り、サン・フォール・シュール・ジロンドにある唯一のホテル、ル・リオン・ドールで昼食をとったあと、ムーラン・ド・サップへ行った。そこは広大な森で、小川が曲がりくねって流れている。森のなかに軽食がとれる丸太小屋があり、水上自転車を貸し出していた。

生徒たちが次々と借りて乗り込み、ベネディクトが一緒に乗ろうと彼女を誘ったのだが、その三十分後に小川の真ん中で彼が見せた表情を思い出すと、今でも笑いがこみ上げてくる。

二人の水上自転車は浅瀬に前を乗り上げ、後ろを乗り上げしているうちにペダルが一つ壊れた。そこへトムキンズとドジャーが来て、こんなことでは明日、クルーザーに乗せてもらうのは考えものだなとからかったので、ベネディクトはむきになってペダルをこいだ。浅瀬からは抜け出せたが、そのせいで水上自転車が大きく揺れ、彼のショートパンツのポケットからコインがこぼれ落ちて、軸や床にぶつかって派手な音をたてながら水のなかへ落ちていった。

この二日間、よそよそしく過ごしてきたのだが、そのときのベネディクトの悔しそうな顔を見て、レベッカはとうとう我慢できずに吹き出した。彼はにらんだものの、結局、一緒になって笑いだした。

レベッカは笑みを浮かべたままバスタブを出て、ビーチタオルを体に巻きつけて部屋へ戻った。

だが、ドレッサーの前に座って鏡に映る自分に向き合うと、また複雑な気持ちになった。ベネディクトと食事に出かけることに期待と興奮を覚える一方、理性が危険なことをするなと警告している。

レベッカは迎えに来たベネディクトの白いメルセデスに乗り、柔らかな革のシートの上で膝を隠そうと何度も翡翠《ひすい》色のシルクのドレスの裾《すそ》を引っ張った。ブルース・オールドフィールドのもので、胸元を深いV字形に打ち合わせて脇で一つのボタンでとめ、ウエストに共布のベルトをあしらったラップドレスだ。スカートには柔らかなプリーツが二本入っている。一月のセールで衝動買いしたものの、これほど大胆なデザインだとは今まで気づかなかった。

彼女を見たときのベネディクトの表情がそのあかしだ。この数日浮かべていた友人としての笑みが驚きに変わり、かすかに眉をひそめ、それから本能的な欲望としか言いようのないものをにじませた。

沈黙したまま十分ほど車に乗るうちに、レベッカは再び緊張が高まっていくのを感じながら、過去と現在の間に思いを行き来させていた。車はかぐわしい松林のなかの曲がりくねった道を進んでいく。

彼女はとうとう沈黙を破った。「あまり遠出したくないわ」

「そんなドレスを着ていながら？　嘘だろう？」ベネディクトはいたずらっぽい笑みを浮かべ、横目でちらりと彼女を見た。

レベッカは頬を染めた。「あまり遠くまで行きたくないと言ってるのよ。わたしが出歩いている間にあの子たちがはめをはずさないかと心配でたまらないの」

車はタイヤをきしませて横道へ曲がり、レベッカの体は大きく振られてベネディクトのほうへ倒れかかった。慌てて身を起こしたが、彼に触れた腕が燃えるように熱く感じられる。気温が三十二度もあるのだからと言い聞かせてみたが、自分をだますことはできなかった。

「メシェに面白いレストランがある。きっときみも気に入ると思うよ。だから、リラックスして」

車は小さなメシェの村を通って丘を上っていく。彼は海を見下ろす崖《がけ》の上で車をとめた。

「レストランはどこ？」

「すぐにわかるよ」彼は助手席側へまわってドアを開け、レベッカの腕を取って車から降ろした。

夕暮れ時の空気には花の香りと潮の香りが満ちていた。ベネディクトに導かれて小さな門を通り抜け、崖に作られた階段を下りると広い岩棚があり、縁に手すりを築いてテラスにしつらえてあった。波が寄せるのは五十メートルも下だ。レストランはテラスと崖にできたいくつもの洞穴で構成されている。

「すてき！」視界に入るのは空と海だけだ。「まるでおとぎばなしに出てくる秘密の岩屋みたい。すばらしいわ。ありがとう、ここへ連れてきてくれて」

目を輝かせてベネディクトのほうを振り向くと、彼は景色ではなく彼女を見つめていた。

「すばらしいのはきみだよ」

一瞬、レベッカは彼をじっと見つめた。何年も忘れていた思いが胸を震わせる。ベネディクトは危険なほど男性的に見えた。長い脚と引き締まった腰を仕立てのいいベージュのパンツに包み、半袖のシルクのシャツのゆったりと開けた襟元からたくましい胸がのぞいている。レベッカは凍りついたように動けなくなり、思わず声に出して言っていた。「あなたもよ」

ベネディクトはしばらく彼女の顔を見てからほほ笑んだ。「僕たちは一度は恋人同士だったが、今は友達だと思いたい。それに、今でも惹《ひ》かれ合っていると認めても罪ではないだろう?」まなざしを胸のふくらみにさまよわせてから再び顔を見る。「警告しておくよ、レベッカ。僕はきみを求めている」

レベッカは驚きに息をのみ、ぱっと後ろへ一歩さがった。全身が燃えるように熱くなっている。これでもまだ気温のせいにするつもり?

「テラスのテーブルにしない? 崖の上で食事をするなんてすてきだわ」レベッカは動揺を隠そうとしてしゃべりだした。

「そうだね。そうしよう」ベネディクトは彼女の手首をつかんでジロンド川の河口域を見渡せるテーブルにつかせ、向かいの椅子に座ってメニューを手に取った。「オーダーは僕にまかせてもらえるかい?」唇にかすかな笑みを浮かべて彼が尋ねる。

たった今、獲物をねらうような危険な香りを漂わせていたのに、どうしてそんなふうに優しくほほ笑むことができるの? レベッカは乾いた唇を湿らせて答えた。「ええ」わたしを求めていると言った言葉は聞き間違いだったのかも……。

ベネディクトが注文したシャンパンをグラスに一杯飲み終えると、レベッカはようやくリラックスし始め、二杯目を飲むうちに少し開放的な気分になってきた。何年も責任感に基づいて慎重に行動してきたけれど、今夜は別の人間になったような気がする。一夜だけのことだもの、少しくらいはめをはずしてもいいんじゃないかしら？

アスパラガスのクリームソース添えに続いて新鮮なシーフードの料理が運ばれてきた。料理がおいしいせいか、会話もはずみ、ベネディクトは彼女の教職についたばかりのころの失敗談を聞いて笑い、彼は初めてヨットで海へ出たときの話をしてレベッカを大笑いさせた。

デザートのアイスクリームの最後のひとさじを彼女が口に入れたとき、ベネディクトが尋ねた。「今もメアリーとルパートに会っているのかい？」

「二人はハーバードにいるわ。ときどき手紙を書くけれど、メアリーは筆まめなほうではないから、二度、カードをもらっただけ……」ベネディクトから手紙を出したのに返事をくれなかったと言われたのを思い出し、レベッカは言葉を切った。

「ああ、二人がハーバードに着いたとき、ちょうど僕もアメリカにいたので食事をしたんだ。メアリーは口が堅かったが、なんとかきみの新しい住所をきき出した。なぜ返事をくれなかったんだ？　それほど深くきみを傷つけたってことかい？」

頭のなかで危険を知らせる警鐘が鳴り、レベッカは話題を変えようとした。「コーヒーが飲みたいわ」

　ベネディクトは皮肉っぽい表情で彼女の視線をとらえてからウエイターを呼んだ。「コーヒーとコニャックを二つずつ」

　彼は腕を伸ばしてテーブルの上のレベッカの手に手を重ねた。レベッカは手を引っ込めたかったが、彼の表情に気づいて思い直した。

　彼の瞳には疑問といら立ちがあった。「過去のことを話そうとすると、きみはなぜしり込みするんだ？　まるで罪悪感でもあるみたいに。話し合う必要があるんだよ。説明したいんだ。あの日、きみが書斎で言ったことは、ある意味では正しかっ……」

「お願いよ、ベネディクト、今夜の楽しいひとときを台なしにしないで。燃え尽きた灰をいくらかき立てても仕方がないわ」胸のなかの罪悪感はあなたと過ごせば過ごすほど深くなるばかりなのに……。

「その灰は本当に燃え尽きてしまったのかい？」

　レベッカはごくりとつばをのみ、てのひらを撫《な》でるベネディクトの親指の感触を懸命に無視しようとした。かすかに触れているだけなのにセクシーな気分をかき立てる。そういえば、彼は人類学を趣味で研究しているだけの頭脳明晰《めいせき》なビジネスマンだったんだわ。不安がレベッカの背筋を駆け下りた。そう、彼は恐ろしい敵となりうる人なのよ。

「あなたと初めて会ったとき、わたしは若かったわ。でも、今はそれなりに経験を積んだ、仕事熱心な教師よ。過去は振り返らないの。未来あるのみよ」レベッカは彼の手を握り、瞳を見つめてほほ笑みかけた。「思いがけなくフランスで出会って楽しかったし、助けていただいてありがたいと思っているわ。だから、過去のことは忘れましょう」

これで信じるかしら？　レベッカは自分の演技力に驚きながら彼の様子をうかがった。演技力？　もしかしたら、これはそうではなく……。

ベネディクトは握られた手を見下ろし、それから奇妙な表情を浮かべてレベッカの顔を見た。「ああ……だが、一つだけ答えてくれないか？　なぜ、手紙の返事をくれなかったんだ？」

手紙――何度きかれても、どういうことなのかわからない。レベッカは手を引っ込めながら、そっけなく言った。「それは、あなたからの手紙を受け取っていないからじゃないかしら」

「着いたはずだよ。メアリーから聞いたノッティンガムの住所に出したんだ。あの年の十一月に。きみがゴードンの死に無関係だったことを説明して、謝罪する手紙だ」

「本当に？」

「僕の言葉が信じられないのかい？」

「もうどうでもいいことだわ」

コーヒーとコニャックが運ばれてきてほっとしたのもつかの間、カップに伸ばした手を再びベネディクトにつかまれ、もう一方の手で顎をとらえられて金褐色の瞳に見据えられた。

「きみと別れたあと、遅ればせながら最初にすべきだったことをした。フランスにいる伯父を訪ねてゴードンの死の真相を話してくれと頼んだ。伯父が見せてくれた検視報告書によれば、まぎれもなく事故死だった。伯父は陪審を傍聴してもいた。母はゴードンがガールフレンドにふられて自殺したが、一族がカトリックであることを配慮して事故死と発表されたのだと信じている。そのことについては、ただでさえ二度目の夫と僕を失ったと思って精神的に不安定になっていた母が、ショックのあまり、日記の内容から憎悪の対象を作り出したのだろうとジェラール伯父は言った。だから、きみは……」

「もうやめて、ベネディクト」

彼は顎から手を離した。「頼むから聞いてくれ、レベッカ。五年前にきみに会ったとき、僕が聞いていたのは母の話だけだった。それに、きみが言ったとおり、僕は後ろめたさを感じていたんだ。母が僕をいちばん必要としているときにそばにいなかったし、ゴードンともほとんど会わずじまいだったしね。それで、きみを身代わりにして責めた。そんな自分が許せないよ。そばにいられなかった罪悪感から、ゴードンのためならなんでもしようと思い詰めて」彼はレベッカの両手を握った。「そして、きみに会った。きみは若くて愛らしく、生き生きとしていた……ゴードンは死んでしまったのに」彼は首を振り、苦しみをたたえた瞳を向けた。「自分のしたことをどんなに後悔しているか知ってもらいたくて手紙を書いたんだ。きみがわずかでも怒りをおさめてくれるのを願って。だが、返事がなかったから、僕を許すつもりがないのだと解釈した」ベネディクトの瞳には後悔と悲しみがにじんでいた。

「手紙は本当に受け取っていないの」レベッカは静かに言った。こうして聞けば、彼のふるまいも理解できた。「ノッティンガムへ移った二カ月後に部屋を借り換えたから、そのせいかもしれない……」もしも、あのとき手紙を読んでいたら事態は違っていたかしら？　ダニエルのことを彼に話したかしら？　ベネディクトの説明でパンドラの箱が開き、飛び出したさまざまな疑問が彼女を苦しめた。

「これで信じてくれたかい、レベッカ？」

「ええ」小さな声で答えたが、彼の目を見ることはできなかった。遅すぎたわ。それに、彼が謝罪しようとしたことはわかっても、わたしを愛していないという事実は変わらない。

ベネディクトは空を仰いで深々と夜気を吸った。「やっと肩の荷が降りた気分だよ」

レベッカは笑みを浮かべたハンサムな顔を見つめた。問題はわたしの肩にある同じ重さの荷物だ。あなたには息子がいるなんて言える？　そもそも、わたしは話したいと思っているのかしら？

レベッカは神経を落ち着かせようとコニャックを口に含んだ。今夜初めて知った事実をきちんと把握しなければならない。それに、目の前のベネディクトの存在は喜びであると同時に脅威でもある。ともかく、どうするのか決めなくては……。

ベネディクトはほっとしたのか、フランスのこの地方のことについて語り始めた。いつの間にか闇《やみ》が深まり、星がまたたきだしていた。テラスにほかの客の姿はなく、崖に寄せる波の音がかすかに聞こえてくる。まるでこの世に二人だけしかいないような気分だった。やがてベネディクトが彼女の手を取って席を立った。ひんやりとした夜風、肩を抱く彼の体のぬくもり。こうして寄り添って歩くのがとても自然なことに思える。彼はレストランを出て帰路についたが、村を抜けたところで車をとめた。

「すばらしい夜だ。海岸を散歩しないか？」

アルコールを飲んだせいかもしれないと思いながらも、レベッカはほほ笑んでうなずいた。

二人は子供のように手に手を取って砂浜へと急いだ。途中でレベッカが脱ぎ捨てたサンダルをベネディクトが拾い、もう一方の手で細い肩を抱く。

松林に足を踏み入れたとたん、すがすがしい香りが二人を包んだ。ベネディクトの手のぬくもりが心の殻を砕いていく。レベッカは夢見心地で温かい砂の上を歩いた。ひととき、現実の重みから解き放たれて。それとも、これは一夜だけの魔法なの？

「レベッカ」ベネディクトがおかしそうに笑って彼女を抱き寄せた。「さっきからずっと話していたのに、僕の言葉は耳に入っていなかったんだね。きみはどこに行っていたんだい？」

「ここにいたわ。あなたのそばに」レベッカはほほ笑んで見上げ、彼の唇の輪郭を指でなぞった。「なんて言ったの？」

ベネディクトは彼女の手を取って自分の肩に置いた。「もう一度チャンスを与えてくれてありがとうと言ったんだよ。それから、きみの意思に反する性急なことは二度としないと約束すると」彼は大きく息をついた。「だが、こうしているうちに、約束を守れるかどうか怪しくなってきた」

レベッカはもう一度チャンスを与えたという意識もなかったし、自分にその意思があるのかどうかさえわからなかった。ベネディクトが片手でウエストを引き寄せて唇を重ねたとたん、この数日の自分の態度が導いたものがなんであるかを彼女は知った。このことを何よりも恐れていたのに。一瞬、そう思ったが、すぐにキスに圧倒されて彼の背中に両腕をまわしていた。

危険な火遊びとわかっているのに、求めずにいられない。拒否すべきだと知っていながら、吐息をもらさずにいられなかった。

「レベッカ、きみがどんなにすばらしいものを僕に与えてくれているかわかるかい？　僕はずっと、こんなふうにきみを求めていたんだ」

情熱にかすれたベネディクトの声を聞きながら、レベッカは砂の上に身を横たえられていた。彼の首に腕をまわし、キスを求め、長い指が胸元に滑り込むのを感じて喜びに体を震わせる。

ベネディクトは顔を上げて瞳を見つめながら彼女のベルトをほどき、ラップドレスをとめているボタンに指をかけた。「このドレスが僕をひと晩じゅう悩ませていたんだ。レベッカ、きみは美しい。華奢《きやしゃ》でいながらセクシーで、このうえなく魅力的だ」

レベッカは彼の顔を見上げた。月の光が投げかける影で表情ははっきり見えないが、金褐色の瞳に燃える情熱は見間違えようがない。レベッカはイブがアダムに向けて以来、すべての恋する女性が浮かべてきたほほ笑みを顔にたたえてベネディクトのシャツのボタンをはずし始めた。

ベネディクトはドレスの前をはだけて熱い視線をさまよわせ、胸のふくらみに唇をつけた。レベッカに叫びだしたいほどの快感をもたらしながら片手を腿の間へと滑らせていく。

「ベネディクト……」レベッカは思わず体をそらし、彼のベルトをまさぐった。

「レベッカ、今夜は、初めてのときにすべきだったように愛を交わしたい。ゆっくり、時間をかけて」〝初めてのとき〟と聞いて、レベッカは冷水を浴びせられたように感じた。無意識のうちに体が彼を拒み、手が彼の手首をつかんで押しのけようとする。

「レベッカ、どうしたんだ?」

「わたし、何も用意をしていないの」レベッカはぱっと立ち上がり、ドレスの前をかき合わせた。

ベネディクトが足首をつかんだ。「大丈夫だ、僕が準備してあるから」

レベッカはその言葉に激怒した。「そうでしょうとも！」彼の手を振り払い、サンダルを拾って砂の上を憤然と歩きながら服を整えた。準備してあるですって？　五年前は考えもしなかったくせに。もちろん、ダニエルが生まれなかったほうがよかったと思っているわけではないけれど。相変わらず魅力的でエネルギッシュなベネディクト。彼が今、わたしを求めていることは疑いようがない。でも、明日はどうなの？　その先の未来は？　いいえ、ベネディクトとの間に未来なんてないのよ。もしかしたら、何年かあとにうまくつき合っていけるようになるかもしれないけれど、今は無理だわ。わたしには守るべきものがある。もう遅いのよ。

追ってきたベネディクトが腕をつかんだ。「レベッカ、なぜだ？　二人とも大人だし、パートナーがいるわけではない。なんの拘束もないはずだ」

「あなたはそうでも、わたしは違うの」

「コニャックを渡す相手か？」

レベッカは彼の言葉に逃れる口実を見つけた。「ええ、そうよ」

「悪かった。無理強いすべきじゃなかったね」

ベネディクトが謝ったので、レベッカは驚いて彼を見上げた。彼は肩で息をしながら何かの感情と闘っている。「そのとおりよ」

「確かに無理強いする権利はなかった。だが、言っておくよ、レベッカ」彼はレベッカを胸に引き寄せた。「僕はボーイフレンドからきみを勝ち取るつもりだ。きみが彼にどれだけ誠実なつもりか知らないが、僕はきみを求めているし、きみも僕を……」

「わたしは求めてなんか……」

「言わないでくれ、レベッカ」ベネディクトは彼女を強く抱き締めた。「明日は一日、一緒に過ごすんだし、ロンドンに戻ったらきみの家を訪ねる」

レベッカはため息をついた。「クルーザーに乗せてもらうのは子供たちとミスター・ハンフリーだけよ。わたしはミス・スマイズと一緒に宿舎の掃除と荷造りをすることになってるの。金曜日は出発が早いから」

「きみは働きすぎだよ。だが、金曜日の朝早く出発するなら、そのほうがいい。それなら、子供たちを思いきり疲れさせて帰すことにしよう。そうすれば、ことも起こさないだろうから、きみはまた僕とディナーに出かけられる」

話が別の方向へそれてしまったが、それはそれで悪くなかった。昔のベネディクトならいざ知らず、このベネディクトと過ごすのは楽しいのだから。今はロンドンに戻ってからのことを考えるのはやめよう。きっと山ほど問題が待っているだろうけれど、あと一日、人生の責任や重荷から逃れて夢を見て過ごしても罰は当たらないんじゃないかしら?

「そうね。わかったわ」

「ありがとう、レベッカ」ベネディクトは優しくキスをしてから彼女の肩を抱いて車へ戻った。

その夜、レベッカはベッドのなかで自分に言い聞かせた。わたしはもう分別のある大人だし、ベネディクトも今は道理をわきまえているわ。もしも明日の夜、ダニエルのことを彼に話したら……二人は友人同士になれるかもしれない。彼にこれ以上、興味を持ってはだめよ。自分から望んでつらい思いをするなんて……。

# 6

もうこんな時間、明日からはまた学校だわ。日曜の夜、レベッカはため息をついてアームチェアに腰を下ろした。三日間も運転しどおしだったので体じゅうが痛い。金曜日にフランスからロンドンへ戻り、土曜日はコウブリッジまでダニエルを迎えに行き、今日はコウブリッジからロンドンへ。

それでも、やっと終わったのだ。先週は一生忘れられないほどたいへんな一週間だったけれど、秘密だけは守れた。ダニエルはお風呂に入れ、隣の部屋に寝かしつけたから、やっとリラックスできる。

問題はこの後ろめたさだ。この五年間、ベネディクトを復讐《ふくしゅう》のために他人の心を踏みにじった卑劣な人間だと思ってきたのに、先週、彼に別の面があることを知った。子供が好きだと言ったのも嘘《うそ》ではなかったし、何よりも、届かなかった手紙のことがある。その件も彼の言うとおりだろう。新しい住所を書いて送ったクリスマスカードにメアリーが返事をくれたのが新年になってからだったこともあとで確かめてわかった。

ダニエルは父親の名前を知らないほうがいいと確信を持ってきたのだが、疑わざるをえなくなってしまった。良心の痛みを無視し続けることもできない。レベッカは疲れた目をこすり、髪をかき上げた。

いずれにしても、ベネディクトとはもう二度と会わないのだから、あれこれ考えても仕方がないわ。彼が木曜日のデートをキャンセルしてくれたおかげで、ダニエルのことを話すという間違いも犯さずにすんだ。ドロリスの話では、セーリングから戻るとミス・グリーヴズという人が待っていて、ベネディクトは彼女と一緒に立ち去ったという。

たぶん、彼はロアイヤンに足どめされている間に偶然わたしに出会い、謝罪してもいいという気持ちになっただけなのだ。許しさえ得れば、すっきりした気分で生きていける。もしダニエルのことを話していたらどうなっていただろうという思いが胸を刺したが、彼女はそれを無視することにした。もう遅いのよ。五年もたった今となっては……。

レベッカは居心地のいい居間を見まわした。小さな庭へ出るフランス窓から夕日がさし込んでいる。このフラットはダニエルが四カ月になったころ手に入れた。めまいがするほど高かったが、一階で庭つきだったし、父の家を売ったときのお金があったので思いきって購入した。思ったとおり、ダニエルは庭で遊ぶのが大好きだった。ロンドンを選んだのは、シングルマザーとして働くには雇用の機会も多く、お互いの私生活に無関心な都会のほうがいいと思ったからだ。それでも、用心して〝ミセス〟と呼ぶようにしてもらっている。

この数年で、二十二歳の自分が本当に世間知らずだったと思い知った。ずっと父に守られ、父の価値観を教え込まれて育ったし、普通なら大学に入学するときに家を離れるのに、彼女は父のもとに残った。そして、父が亡くなったあとでさえルパートとメアリーの家に同居させてもらったので、妊娠するまで自立を迫られることはなかったのだ。だから、現実の厳しさも知らず、安易にシングルマザーとなる道を選んだ。それが大きな間違いだったと、今になってみればわかる。これまでは幸運だったが、ダニエルが大きくなって父親のことを知りたがるようになったらどうしたらいいのだろう？　永遠に嘘をつきとおせるとも思えない。

レベッカはのろのろと立ち上がった。遠い未来に直面する問題より、今ここにある疲労をなんとかしなくては。彼女は玄関ホールに置いてあった二つのスーツケースを寝室へ運び入れた。カーテンやクッションとそろいのばらの小花模様のカバーをかけたベッドが呼んでいる。だが、彼女はタオル地のローブのベルトを締め直し、スーツケースから洗濯するものを取り出してキッチンへ運んだ。

衣類を洗濯機にほうり込んでから、インスタントコーヒーをいれ、砂糖とクリームを加えた。居間のアームチェアに戻ってコーヒーを飲み、ほっとしたのもつかの間、ドアをノックする音がして至福の静寂は破られた。レベッカは急いでコーヒーを飲み干し、唇に苦笑を浮かべて立ち上がった。きっと二階のミセス・トムソンだわ。夫を亡くした女性で、ときどきダニエルの面倒を見てくれるありがたい存在だけれど、おしゃべり好きなのが玉にきずだ。いつもならともかく、今夜はそういう気分ではない。

だが、ドアを開けたレベッカは、濃紺のスーツに身を包んだベネディクトが脅すような険しい表情で立っているのを見て、驚きに口を開けた。

「やあ、レベッカ。古い友達を家に入れてくれないつもりかい？」彼はレベッカが返事をしないうちに押しのけるようにして居間まで入っていった。

「待って」レベッカはようやく声を出し、彼を追った。「家に押し入るなんて、どういうこと？」

「彼はどこだ、レベッカ？」

レベッカは真っ青になり、震えだした手を握り締めてローブのポケットに突っ込んだ。

「なんのこと？」挑むように彼を見上げたが、金褐色の瞳の氷の怒りが彼女をその場に凍りつかせた。

「僕の息子だよ。こんなことをするなんて、きみの首を絞めたいくらいだ」

レベッカはあとずさった。このときが来るのをずっと恐れてきたのに、実際に起きてしまうと、考えておいた言葉はひと言も思い出せない。

「何も言うことはないのか、レベッカ、釈明することは？」顎の筋肉が激しい怒りにこわばっている。「その子は僕の息子だ。そうだろう？　ダニエル・ブラケットグリーン、四月八日生まれだ」

ダニエルの生まれた日を言い当てられては、もう言い逃れることはできない。なぜわかったのか、見当もつかなかった。「だれに聞いたの？」自分の声が別人のもののように聞こえた。

「きみじゃないことだけは確かだね。きみは出生届に父親の名前も記入しなかった。僕の子供に、よくもそんなことができたものだな！」

レベッカは罪悪感に打ちひしがれた。「そういうつもりでは……」あの苦しみ、あの怒り、そしてダニエルに父親のことを問われたらと思うたびに覚えるあの恐怖。でも、ベネディクトにどんなに傷つけられたかを話さずに、それを語ることはとてもできそうにない。五年前に必死に顔を上げて歩み去ったのに、今になって本当の気持ちを知られるなんて。そうなれば、わたしが彼を愛していたことを悟られてしまう。それだけは絶対にいや。レベッカは身を守るように腕を組んで身構えた。

「そういうつもりではなかった？」ベネディクトは彼女の両肩をつかんで揺さぶった。「それは嘘だ。許しを請う僕の手紙が届いたとき、妊娠していることはわかっていたはずだ。違うか？」

「だから、手紙は受け取っていないわ」

「その証拠はない」

彼の指が両肩に食い込み、一瞬、レベッカはおびえた。ベネディクトは彼女が震えたのを感じ取ってわずかに自制心を取り戻し、うつろな笑い声を響かせた。

「おびえるのも無理はない。僕はきみにひどいことをした。だが、これがきみの復讐なのか？ 僕に子供がいることを四年間も知らせずにおくことが！」

「ダニエルはわたしの子供よ」レベッカの唇は震えていた。

「復讐は蜜《みつ》の味というが、きみのためにこの四年間が楽しかったであろうことを望むよ。きみは今後の人生でその償いをすることになるんだからね」ベネディクトの言葉はレベッカの血を凍らせた。

「どういう意味？」

「子供は僕のものだ。それから……」彼はレベッカのローブの胸元に視線を落とした。

「なんなら、きみも引き受けてもかまわない」

「あなた、どうかしているわ。本気じゃないでしょう？」

ベネディクトの瞳が再び怒りに燃えた。「どうかしている？ そうだとも。子供がいると知ったときには我を失ったが、きみにとって幸運なことに、僕はこの四十八時間でその事実と折り合いをつけることができた」彼は冷たくほほ笑んだ。「きみと僕は結婚するんだ。結婚特別許可証を手に入れたから三日後に。それから、僕は今までの人生でこれほど本気でものを言ったことはない」

どう答えるにせよ、レベッカが口を開く前に小さな声が聞こえた。

「ママ、お水を飲んでいい？」

ベネディクトが肩から手を放して振り向く。もしもレベッカがダニエルを遠ざけることだけに気をとられていなければ、彼の金褐色の瞳に涙がにじんだことに気づいたはずだった。

「いいわよ」レベッカは戸口でバッグス・バニーの絵のついたパジャマを着て目をこすっている小さな息子に駆け寄った。こうして見ると、恐ろしいほどベネディクトにそっくりだ。「ママとキッチンへいらっしゃい」手を取ったが、ダニエルは動こうとせず、見知らぬ男性を見上げた。

「おじちゃんはだれ？」

ベネディクトは歩み寄り、膝をついて静かに言った。「きみのパパだよ、ダニエル」

レベッカは胸のなかで恐怖の叫び声をあげた。不用意にそんなことを口にするなんて！

そして、ダニエルのうれしそうな顔を見て息をのんだ。

「ぼくのパパ？　ぼくだけのパパ？」

「そう、きみのパパだよ。きみは僕の息子だ」ベネディクトは小さな顔から黒い巻き毛を優しくかき上げた。「お水はパパが用意してあげよう。それから、ベッドに入ろうね」

「うん」ダニエルは答えてから許可を求めるように大きな金褐色の瞳をレベッカに向けた。

「本当にパパなの？　ジョシュみたいにじゃなくて、ちゃんとぼくだけのパパ？」

そんなに父親が欲しかったの？　レベッカは瞳に涙をにじませた。ダニエルは夏休みをジョシュの家で過ごした二歳のとき、自分の父親のことを尋ねた。ジョシュが笑って自分がパパになってあげると言い、ダニエルはエイミーとジョシュを分け合うことで納得した。ダニエルはそれ以来、そのことを口にしなかったし、レベッカもその話題を蒸し返す勇気がないまま過ごしてきた。

「答えてやれよ、レベッカ」ベネディクトがダニエルの手を握ったまま立ち上がった。

レベッカは視線を落とした。「ええ、この人はあなたのパパよ」

ダニエルはベネディクトの脚に抱きついてうれしそうに見上げた。「キッチンはこっちだよ、パパ」

四つの金褐色の瞳が見交わしてほほ笑む。瞬時にわかり合えるものがあるのだと思うと、レベッカは胸に痛みを感じ、嫉妬《しっと》を覚えた。生まれてからずっとわたしだけのものだったダニエル。それなのに、ベネディクトが現れたら、こんなにもあっさり彼を受け入れるなんて。

「パパだ、パパだ。ぼくにパパができた！」ダニエルがスキップしながらベネディクトをキッチンへ引っ張っていく。

レベッカは近くの椅子に座り込み、両手で頭を抱えた。わたしの小さな幸せがめちゃめちゃだわ。信じられない。信じたくもない。でも、キッチンから聞こえてくる楽しそうな声はまぎれもない現実だ。

彼女は顔を上げて深く息を吸った。わたしが過剰反応しているだけなのかもしれない。わたしは二十七歳でもう大人なんだし、ゴードンとのことも父の死もベネディクトとの一件も乗り越えてきた。シングルマザーになると気づいたときでさえ。

ベネディクトがダニエルを欲しがったとしても、実際には母親から引き離すことなんかできないわ。ベネディクトが何も知らされなかったことを怒るのも無理はない。でも、少し落ち着けば彼だってわかるはずだわ。彼がわたしとの約束よりミス・グリーヴズを優先させたのはたった三日前のことなのだ。きっと、フィオナ・グリーヴズが彼を追ってきたのだろう。わたしと結婚すると言ったのはただのこけおどし。何も怖がることはない。彼に月に一度、ダニエルと会う権利を与えれば、それですむはずよ。

ベネディクトがダニエルを肩車して居間に戻ってきた。

「ダニエル、もうとっくにベッドに入っていなくちゃいけない時間よ」

「わかってるよ、ママ。パパが寝かせてくれるって。それに、パパは泊まっていくから、明日の朝、また会えるんだ」

「それは……」ベネディクトの鋭い視線に制されて、〝だめ〟という言葉が出てこない。

「あとで話そう、レベッカ。さあ、ダニエルの部屋はどこだい?」

レベッカは二人についていき、ベネディクトが本を読んでやるのを腹立たしく思いながらベッドのそばに立っていた。本を読むのはいつもわたしなのに。そのうちに彼が顔を上げ、レベッカの胸の内を読んだように冷笑したので、思わず真っ赤になった。

「眠ったよ。行こう。話し合う必要がある」

戸口に向かったレベッカは彼の手が背中に触れるのを感じてびくりとした。まるで焼きごてを当てられたように熱い。とたんに、自分がローブしか着ていないことに気づき、彼女は慌てて振り向いた。「失礼して着替えてくるわ」

「かまうことはない。きみはどんな格好をしていてもきれいだよ」

レベッカは彼を見上げた。自分が小さく力ない者のように思えてくる。彼女は用心深くあとずさりしてから向きを変えて居間に入り、ソファに座った。

ベネディクトはジャケットを脱いでアームチェアにかけ、ネクタイをゆるめて隣に腰を下ろした。

「どうぞお楽に」

レベッカは皮肉のつもりで言ったのだが、彼はネクタイをはずしてジャケットの上に投げ、白いシルクのシャツのボタンを次々とはずし始めた。「ありがとう。そうするよ」

「何をするつもり?」

ベネディクトは不機嫌そうにじっと彼女を見つめた。「自分がしたいようにする。今この瞬間からだ。僕は僕のしたいように、そして、きみは命じられたとおりに。わかったかい?」

レベッカは唇をかんだ。ここで言い争うわけにはいかない。落ち着かなければ。わたしはダニエルのために戦うのよ。レベッカは十まで数えてから両手を膝にのせて切りだした。「ベネディクト、話し合いましょう。ダニエルの存在を知ってあなたがショックを受けているのはわかるし、あなたがあの子に会いたいと思うのも理解できる」彼女は視線を自分の手に据えた。「大人同士ですもの。お互いに歩み寄って適切な妥協点を見つけましょう」

「四年も息子に会えずにいた男にどんな適切な妥協点があるというんだ?」

「月に一度、ダニエルと面会を。それから、一年に一度、あの子と休暇を過ごしていいわ」視線を上げると、彼は口元をこわばらせていた。「それなら、面会を二週間に一度に」

「毎日と言い直すんだね」声に容赦ない響きがにじむ。「きみが全面降伏する以外、解決はない。きみと僕は結婚するんだ。話したとおり、三日後に」

「ばかなことを言わないで。なぜわたしがあなたと結婚するの? どうしようと無理強いはできないわ。それに、ダニエルはわたしの子供よ」

「僕たちの子供だ」

ベネディクトは鋭い視線でにらみつけていたが、不意に我慢できなくなったように片手で彼女を引き寄せ、もう一方をうなじにまわして顔を上向けた。

「ダニエルと僕が一緒にいるところを見たのに、まだ否定するのか？　きみはどういう人間なんだ？　今も首を絞めたい気分だよ。だが、その前にキスをして、きみが慈悲を請うまで抱くことにしようか」

喉にまわされた手に力がこもり、レベッカは恐怖を感じた。これほど激しい怒りを向けられたのは初めてだった。妥協など、初めからありえなかったのだ。そう思ったとき、ベネディクトが唇を重ねた。

もがいてもたたいても、怒りに燃えるベネディクトの腕はびくともしない。レベッカは執拗に続けられるキスに身を震わせ、ようやく唇が離れるなり叫んだ。「息ができないじゃないの！」

ベネディクトは喉からローブの襟元へと手を滑らせた。「そうかもしれないな。だが、かまうものか」瞳に危険な炎が燃えている。彼は震えながら身をよじるレベッカをこともなげに膝に抱き上げた。「だめだ。まだ終わっていないよ」そうささやいて、胸のふくらみをてのひらで包む。

レベッカは耐えきれずに頭をのけぞらせた。彼の視線に射すくめられて動かせなくなっている体がたちまち熱くなってくる。

ベネディクトは再び唇を重ねた。今度は打って変わって優しく繊細なキスを繰り返して情熱をかき立てる。レベッカは思わず唇を開き、キスに応《こた》えた。

彼の手が腕や腿、胸を愛撫《あいぶ》する。レベッカは喜びの吐息をもらし、彼の胸にてのひらを滑らせた。ベネディクトが細い首筋から胸へと熱い唇でたどっていく。レベッカはいつしかソファの上に身を横たえ、ローブの前は大きくはだけていた。彼の首に腕をまわすと、筋肉が緊張しているのがわかる。彼女は促すようにうなじの髪に指を絡めた。

「ベネディクト」レベッカはうめいた。体が彼を求めていることはもう否定できない。

「ああ、レベッカ」ベネディクトが応えるようにささやき、胸の頂に唇を寄せる。両手をおなかに滑らせると彼は顔を上げ、かすれた声でささやいた。「ここに僕たちの息子が宿っていたんだね」手をゆっくりと下へさまよわせていく。「きみは僕を求めているんだ、レベッカ。そう言ってごらん。さあ」彼は再び胸に唇をつけた。

レベッカは全身を震わせた。体が燃えるように熱く、心臓は破裂しそうに高鳴っている。

「あなたが欲しいわ、ベネディクト」うわ言のように言い、スラックスのファスナーをまさぐった。彼の肌に触れたい。彼の愛撫とキスが理性を失わせるのだ。

ベネディクトが痛いほど強く彼女の手をつかんだ。レベッカは小さな悲鳴をあげながら、重ねられた彼が体が震えていることに気づいた。

ベネディクトが不意に体を起こしたので見上げると、彼は勝ち誇ったように目を輝かせ、冷酷な笑みを浮かべて見つめていた。

「やっぱり、僕を求めているんだな。だが、今夜はだめだ。その前に結婚しなければ」レベッカは彼を見つめた。額に汗が光っている。彼がわたしと同じ思いでいたことは確かだ。それなのに、なぜなの？　しばらくして、レベッカは彼が反応を待つように鋭い視線を向け続けていることに気づいて背筋に冷たいものが走るのを覚えた。ばかなわたし。ちょっと触れられただけで完全に屈服して彼をほくそ笑ませ、残忍に拒絶する機会を与えてしまうなんて。レベッカは恥ずかしさと怒りに頬を染め、震える指でローブをかき合わせた。

「あと三日の我慢だ」ベネディクトが嘲《あざけ》った。

レベッカは体を起こして座り、うつむいてベルトを結んだ。彼と目を合わせたくない。心の痛みを見せて彼を喜ばせるものですか。レベッカは苦痛と体にたぎる情熱を理性で抑え込んだ。

「いいえ、わたしはあなたとは結婚しないわ」静かに言い、真っすぐに彼を見る。彼はわたしを憎んでいるのだとレベッカは思った。表情から怒りが伝わってくるのがわかる。そして、そう思うだけで心のバランスを失いそうな気がした。

「きみがこんなに簡単に別の男に魅せられたと知ったら、ボーイフレンドはどう思うだろうね？」ベネディクトは皮肉な口調で続けた。「水曜日の夜、僕は性急にふるまったことをきみに詫《わ》びたが、今、きみにも充分にその気があると知って安心したよ。僕はきみが欲しいし、ダニエルと一緒にきみを連れていくつもりだよ。だが、きみが結婚しないと言い張るなら、ダニエル一人を連れていくまでだ」

そのために拒絶したのね。わたしに恥をかかせ、はっきりさせるために。そして、フランスでわたしが拒絶したことに対する復讐のために。復讐――あなたはいつもそうなのね。

「そんなことはさせないわ」ダニエルのことだけではない。体を使って人を操るようなまねを二度と許すつもりはなかった。

「司法にまで訴えるつもりはなかったが……」ベネディクトは肩をすくめた。「僕には金も力もある。もしもそれがきみの望みとあれば争おう」

「それはだめよ！」レベッカは叫んだが、ベネディクトのハンサムな顔はびくともしない。彼女は恐怖を感じた。訴訟になれば負けるかもしれない。子供をあずけて働いているシングルマザーの身で、彼がダニエルに与えられるであろうものに対抗できるとは思えなかった。

「それでいいんだね、レベッカ?」ベネディクトが冷たくほほ笑んだ。

彼はわかっているのだ。ダニエルを失うわけにはいかない。あの子はわたしの命だもの。レベッカは仕方なく口を開いた。「わかったわ。結婚しましょう」彼が勝ち誇った表情を浮かべるのを見て声をとがらせる。「でも、その前に、どうしてダニエルのことを知ったのか教えて」

「偶然だった。ロアイヤンで女の子がミセス・ブラケットグリーンと呼ぶのを聞いた。それできみを見つけ、聞き間違えたのかと思い、さほど気にもとめずにいたが、木曜日にキューピッド役を買って出たドロリスがミセス・ブラケットグリーンがいかにすばらしい女性であるかを語ってくれ、それで、名前がおかしいことに気づいたんだ。結婚した相手が同じ名字だという偶然はめったにないからね」

「ドロリスのおしゃべり！」レベッカは毒づいた。セーリングについていけばよかったわ。「ああ、確かにね。ちょっと水を向けたら、きみが夫を亡くしたか離婚した女性で、小さな子供がいると教えてくれた。僕はまたおかしいと思った。きみの口から子供のことを一度も聞かないというのは不自然だ。それで、木曜日の夕方、ロンドンの調査会社に依頼して調べてもらった。金曜日の夜、結果を聞いたときの驚きがどんなものだったかわかるかい？　すぐにロンドンへ戻って、きみが帰宅するのを待った」

レベッカは彼の顔を見つめた。一瞬、瞳の奥に苦痛が見えたような気がしたが、すぐにそんなことを思った自分の愚かさを笑った。

ベネディクトがぞっとするほど冷たい視線を向けた。「レベッカ、二度と僕を欺こうと思わないほうがいい。水曜日には僕の妻になるんだ。それまでに身辺の整理をしておくことだね」彼は立ち上がってシャツのボタンをとめ、ジャケットとネクタイを手に取って振り向いた。「わかっているね？　ジョシュという男と別れるんだ。だれにも僕の息子に父親づらはさせない」

「でも、ジョシュは……」

「そんな話は聞きたくない。ジョシュであれ、ほかの男であれ、すべて別れる。わかったな？」

わたしのことをそんな女だと思っているの？ もしかしたら彼の腕のなかで見せた反応のせいで誤解を？ まさか。でも、気にすることはないわ。なんとでも勝手に思わせておけばいい。息子を手に入れるために結婚を強要するような傲慢《ごうまん》な人に説明する義務はないわ。レベッカは無意識のうちに彼の動きを目で追っていた。ジャケットを着てネクタイを締める姿は相変わらず力強く、エネルギッシュで男性的だ。そして、まぎれもなく激怒していた。

「返事をするんだ！」

レベッカは彼がなんのことを言っているのか思い出すのにしばらくかかった。「ええ、わかったわ」先に立って戸口へ行き、ドアを開ける。「わかったから、もう帰って」心身ともに疲れ果て、これ以上耐えられない。

ベネディクトはレベッカに理解できない怒りに顔を上気させて動きをとめたが、すぐ無表情になって彼女に鋭い視線を向けた。

「家に戻って着替えてくる。鍵《かぎ》を渡してくれないか。自分で入るから」

「どこに?」

「ダニエルに朝までここにいると約束した。約束は守りたいんだ。心配ない、僕はソファで眠るから」

「でも……」

「鍵だ。きみは疲れているようだから、明日に備えて早くやすんだほうがいい」

レベッカはロボットのようにテーブルへ歩き、バッグから鍵を出して無言で彼に渡した。ひと言でも何か言ったら、取り乱してしまいそうだ。

ベネディクトは険しいまなざしで見つめてから、背を向けて居間を出ていった。足音が遠ざかっていき、玄関のドアが静かに閉まった。

静寂のなかに聞こえるのは自分の心臓の鼓動の音だけだ。レベッカはくずおれるようにソファに座り込んだ。手も脚も震えている。たぶん、ショックの反動が遅れて現れたのだろう。しばらく忘れていた体の痛みも襲ってきた。

よろよろと立ち上がって食器棚からクリスマスに開けたウイスキーのボトルを出した。あまり好きではないのだが、こういうときには役立つはずだ。グラスについで何口か飲むと凍りついた体が温まってきたが、気持ちの動揺は少しもおさまらない。レベッカはもう一杯、ウイスキーをついだ。

ベネディクトが再びわたしの人生に土足で踏み込み、嵐《あらし》のように状況を変えてしまった。彼にもいくらかの権利があることはわかっている。だからこそ、ダニエルの存在を知らせなかったことにずっと罪の意識を感じていた。妊娠したと知らせたら彼が結婚しようと言いだすこともわかっていたが、あまりに傷つき、激怒していて、自分を愛してもいない彼と結婚するのはプライドが許さなかったのだ。

だが、今は選択の余地はない。ダニエルを手放したくなかったら彼と結婚する以外に道はないのだ。プライドは、自分の弱さを見せつけられて、すでに粉々になっている。卑《ひ》怯《きょう》なベネディクト。計算ずくでその気にさせ、冷酷に拒絶するなんて。

レベッカは身を震わせた。復讐は彼の常套《じょうとう》手段なので今さら驚かないが、その寸前までフランスで再会したときの印象に惑わされて自分が彼を見誤っていたことが恐ろしかった。

自分の愚かさを笑い、毒づいてからレベッカは思った。確かに体は彼の思いどおりに操られたかもしれない。でも、もう二度と欲望を愛と取り違えたりはしないわ。

レベッカはキッチンへ行き、洗い上がっていた洗濯物を乾燥機に入れ、玄関ホールの戸棚から毛布とシーツを出して居間のソファの上にほうった。ここで眠るというなら勝手にするといいわ。

ようやくベッドに向かいながら彼女は自分に言い聞かせた。わたしはダニエルのために結婚するのよ。妻としての役割は果たすけれど、彼を愛することはできないわ。いつまでも復讐心を燃やし続ける人を愛するなんてプライドが許さない。あんな人に二度と傷つけられるものですか。

彼の説明と謝罪の言葉を信じ、彼を許してから何日もたっていないのに――頭のどこかで小さな声がささやいたが、レベッカはそれを無視してローブを脱ぎ、ベッドにもぐり込んだ。眠れるとは思っていなかったが、先週から続いた疲労のせいですぐに睡魔に襲われた。一度、かすかな物音で目を覚ましたが、ベネディクトだと気づいて再び眠りに落ちた。無意識のうちに彼の存在を心強く感じていることにも気づかずに。

# 7

「ママ！」ダニエルがベッドに飛び乗ってきた。「夢じゃなかった！　パパがいて、服を着るのを手伝ってくれたよ」

レベッカはうめき、一度開けかけた目を閉じた。ああ、そうだったわ。なんてことかしら……。

「起きてるの、ママ？」

「起きてるわよ、ダニエル」レベッカは頭をめぐらせてサイドテーブルの上の時計を見た。七時半？　たいへん、寝過ごしてしまったわ！

「コーヒーとトーストでいいかい？」張りのある低い声が聞こえた。

「パパが朝ごはんを作ったんだ」ダニエルが誇らしげに言い、ベッドを降りて戸口のほうへ駆けていく。

レベッカは驚いて、ベネディクトをまじまじと見た。シャワーをすませたばかりらしく、まだぬれている黒髪を後ろにとかしつけ、コットンシャツとセンタープレスのラインが通ったベージュのスラックス姿ですっきりとして男らしく見える。レベッカはそう思ったことを慌てて打ち消し、身構えた。彼はハンサムな顔にもの柔らかな笑みを浮かべ、朝食のトレーを手に立っている。

「そこに置いて出ていって。着替えるから」冷ややかに言って顎まで毛布を引き上げる。

「おはよう、レベッカ。きみが朝に弱いとは知らなかったよ」ベネディクトはからかうように言ってトレーを置き、ダニエルの手を取った。「行こう、ダニエル。ママはご機嫌斜めだ。女っていうのはどうしてこう不可解なんだろうね」

笑い声を響かせて出ていく彼の背中にレベッカは何か投げつけたい気持ちに駆られたが、それが序の口だったことをあとで知った。

急いで顔を洗い、グレイのタイトスカートとシンプルな白いブラウスを着て、冷めたコーヒーとトーストを口に入れてから居間へ向かうと、二人はソファに並んで座り、話をしていた。入ってきた彼女に気づいて四つの金褐色の瞳が同時に向けられる。

レベッカは不意に喉にこみ上げてきたものをのみ下し、こわばった声で言った。「ありがとう、ベネディクト。でも、急がなくちゃ。ダニエルを保育園にあずけて八時半までに学校へ行かないと」

「いや、今日は三人で一緒に過ごそう」

「わたしには仕事があるの。生徒たちをほうり出すわけにはいかないわ。いずれにしても、わたしはこの仕事が好きだし」

「結婚するんだよ。仕事を続ける必要はないだろう。二日早く辞めても、どうということはない」

「二日ですって？　届けも出していないのに。それに、辞めるなら学期末だわ」

「わかった、学校まで送るよ。だが、ダニエルは保育園にあずけない」ベネディクトは息子にほほ笑みかけた。「パパと一緒にいよう。新しい家に何を持っていきたいか教えてくれないか？　引っ越しの準備をしないとね」

「パパと一緒に住むの？　ずっと一緒に？」

「もちろんだよ。やっときみを見つけたんだ。もう離さないよ」深い感情のこもった声で言うベネディクトをレベッカは腹立たしげに見据えた。わたしの逃げ道をふさごうというのね。

「ママもだよね？」ダニエルがレベッカに駆け寄って手を握る。

「ママも一緒だ」ベネディクトも立ち上がり、彼女の肩に腕をまわしてわざとらしくキスをした。「ママとパパは結婚して、みんなで幸せな家族になるんだ」彼は燃えるような金褐色の瞳でレベッカを見つめた。「そうだろう、レベッカ？」

　期待に満ちた顔で見上げるダニエルを見て、レベッカの胸は締めつけられた。「ええ、ダニエル、そのとおりよ」

昼休み、レベッカは校長室で奥歯をかみ締めながら、校長が結婚の祝いを述べ、快く彼女の退職を認めるのを聞いた。それはダニエルと手をつないで隣に立っているベネディクトが、新しいミニバスと多額の寄付を学校に申し出たからだ。

レベッカはメタリックブルーのジャガーの助手席に乗り込むやいなや非難した。「あなたはわたしから仕事を奪ったのよ。よくもこんなひどいことができたものね」ベネディクトはその財力でなんでも手に入れることができる。わたしでさえ……。

「きみのためだよ。ダニエルはずっと保育園にあずけられていた。もっと母親と過ごしたいはずだ」

「できるかぎり一緒に過ごしているわ。でも、生活のために仕事は必要だし、わたしはこの仕事が好きなの」

ベネディクトはハンドルを握りながらちらりと彼女を見た。「あの子の世話をしなかったと責めているわけではない。それどころか、敬意を表したいくらいだ。ダニエルはとてもいい子に育っているからね。だが、もうきみが働く必要はないだろう？　ダニエルが大きくなってからならかまわないが、今しばらくは。きみは有能な女性だから、仕事を続けたいという気持ちもわかる。僕はそこまで男尊主義者ではないつもりだよ」

レベッカは驚いた。思いがけないねぎらいの言葉に頬がばら色に染まる。

「ママ、お昼はパパが本物のレストランに連れていってくれるって。それからおもちゃを買ってもらうんだ。遅くなっちゃった誕生日のプレゼントだよ」ダニエルが後ろの席から言った。

レベッカは後ろを振り向いた。そうだった。ベネディクトに心を許すわけにはいかないのだ。「それはだれの思いつきなの?」

「ママも新しい服を買ってもらうんだよ。パパが言ってた。ママが持っている服ではスーツケース一個だっていっぱいにならないからって」

レベッカはベネディクトに険しい視線を向けた。

「きみは僕の妻としてそれなりの立場に置かれることになるんだよ。フラットのなかを見たら、きみの持ち物があまりに少ないので見過ごせなくてね」

「よくもそんなことを!」彼がフラットのなかをあちこち点検したかと思うと許せなかった。

「ママ、パパとけんかしてるの?」

レベッカは唇をかんだ。「違うのよ。お話ししているだけ」疲れきって、それきり彼女は黙り込んだ。

おとなしくベネディクトのあとについてハロッズのレストランに入り、無理に料理を口に運んだのも、笑みを浮かべようと努力したのも、うれしそうなダニエルをがっかりさせたくなかったからだ。

食事を終え、ダニエル待望のおもちゃ売り場へ向かおうとしたとき、ベネディクトが声をかけられた。

「まあ、驚いた。ご家族連れでショッピング？　こんなほほ笑ましい場面に遭遇するなんて」買い物の包みを抱えたフィオナ・グリーヴズだった。

「まあ、そんなところだ」ベネディクトが笑顔で応じた。「きみは？　会社はきみのショッピングの時間にお金を払っているわけじゃないと思うが」

「あら、お二人の結婚式のための買い物よ」

フィオナは結婚式に来るの？　レベッカは口をついて出そうになった言葉をのみ込んだ。

「レベッカ、フィオナを覚えているだろう？」ベネディクトが傲慢《ごうまん》な笑みを浮かべて言う。

レベッカはその顔に平手打ちを浴びせたい衝動に駆られた。

「ええ。でも、あなたの会社で働いているとは知らなかったわ」レベッカは皮肉っぽく二人を見比べた。エレガントな赤毛の美女とスウェードのブルゾンをスマートに着こなした長身の彼。だれが見ても似合いのカップルだわ。

「言わなかったかな？　何年か前から我が社の重要なスタッフだよ」

そう言う彼の声がうれしそうに聞こえるのは気のせいかしら？　レベッカは急に、しかつめらしいグレイのスーツを着た自分が小さくてつまらないもののように感じられ、ダニエルを探した。わたしがこの状況に甘んじているのはあの子のためなのだ。だが、姿が見当たらない。「ダニエル!」レベッカは不安になって叫んだ。

「きみはここにいて。そんなに遠くまで行っていないはずだから」ベネディクトが言い置いて歩きだす。

「レベッカ、やっぱりおめでとうと言うべきかしら。とうとう彼を手に入れたわね」フィオナが言った。「でも、そう長くは続かないかもよ。彼が欲しいのは子供だもの。大きくなってさほど母親が必要でなくなったら、あなたはお払い箱よ」フィオナがあながち悔しまぎれに言っているのではないことがわかり、レベッカは悲しくなった。「利用できるうちにせいぜい利用することね。わたしがあなたならそうするわ」

何も言い返せないうちにベネディクトがダニエルを連れて戻ってきた。かがみ込んでダニエルを抱き締め、肩に手が置かれたことに気づいてレベッカが目を上げると、ベネディクトがほほ笑んでいた。

「無事だったんだ。もう心配ないよ。だが、働きながら一人でダニエルを育ててきたきみがどんなにたいへんだったかわかりかけてきたよ」思いがけない優しさだった。レベッカは一瞬、二人の間に目に見えない絆《きずな》が生まれたような気がしたが、フィオナが去りがけにもう一度祝いの言葉を口にしたので、それはついえた。

それからは悪くなる一方だった。最初はベネディクトがおもちゃ売り場で本物そっくりの車に目をつけたことだった。ジャガーのレプリカで、バッテリーで動くようになっている。すぐにダニエルが乗り込み、店員が説明を始めたが、ベネディクトが買うと言っているのを聞いてレベッカは耳を疑った。数百ではない。数千ポンドの値段がついている。

「だめよ」彼女はクレジットカードを受け取った店員がその場を離れたすきにベネディクトに抗議した。「こんなに高価なプレゼントはしつけによくないわ。それに、気に入ったのはダニエルよりあなたのほうなんじゃない？　この前はベンツ、今日はジャガー……車に目がないみたいだもの。あなたはどうであれ、わたしはわたしの息子をお金の価値のわからない人間にしたくないの」

「僕たちの息子だ」ベネディクトが訂正した。「四年分の埋め合わせだよ。かまわないはずだ」

売り場を離れてもレベッカの不満はおさまらなかった。「どこで乗るというの？　もしもあのロンドンの家に住むのだとしたら、ホールの大理石の床の上で？　そんなことはさせられないわ」

「来週、郊外に家を見に行くことにしているから、心配しなくていい」

またしても勝手なことを！「ダニエルはフラットの近くの幼児学校《インファントスクール》に入学することになっているのよ」

「取り消せばいい。ダニエル、広い庭のある家は好きかい？　犬が飼えるよ。なんならポニーだって」

「うん、パパ、あの車にも乗れるね！」

「買収するなんて」レベッカはつぶやいたが、息子のうれしそうな顔を見て、それ以上は言えなかった。

次はデザイナーズブランドの女性服売り場だった。ベネディクトが魅力を発揮して店員を取り込み、レベッカはいつの間にか勧められた服を試着して彼とダニエルの前を歩かされていた。

ベネディクトはレベッカが文句を言う前にダニエルに〝こういうママは好きだろう？〟とか、〝パパはこの色が好きなんだ。きみは？〟とささやき、ダニエルはそのたびにうれしそうに同意する。水ももらさぬ固い結束だ。父と息子というのはこんなにも早く打ち解けるものだろうか？

しまいには彼女が試着したスカートが長すぎると言って二人で笑いだし、それからダニエルがまじめな顔でベネディクトに尋ねた。「パパ、僕もパパくらい大きくなれると思う？」〝ママくらいにしかなれないんじゃないよね？〟と言っているのも同然だ。ベネディクトがきっと大きくなれると請け合うのを聞きながら、レベッカは勝ち取ってきたはずの自信がどんどん失われていくのを惨めな思いで感じていた。

三人はフラットへ戻ったが、それは最小限の身のまわりのものを車に積み込むためだった。ダニエルのお気に入りのくまのぬいぐるみといくつかのおもちゃ、スーパーマンの毛布、それから、スーツケース二個に楽におさまったレベッカの荷物だ。ベネディクトが、結婚式を挙げるまで目を離すつもりはないが二度とソファで眠るつもりもないと言って、ロンドンの家に移ることを決めたせいだった。

二階のミセス・トムソンは別れを惜しんだが、またベネディクトが魅力をふりまいたおかげで、レベッカは幸せ者だと言ってため息をついた。

レベッカはオフホワイトのシルクのドレスに身を包み、ベネディクトの執事のジェームズに腕を取られてセント・メアリー教会のヴァージンロードを歩んだ。ふんだんにパールをあしらった刺繍《ししゅう》を施したビスチェタイプの身ごろ、優雅に前中心をドロップさせたウエストラインからふわりと広がるスカート。小柄な花嫁を引き立てる膝丈のドレスは、豪華に刺繍が施されたシルクのストールが肩を覆って慎ましさを演出している。小さな足を包むサテンのハイヒールも同じ色だ。髪を飾るばらのつぼみと手にした小さなブーケが清らかな香りを漂わせている。

すべてベネディクトが選んだものだった。花婿が式の前に花嫁衣装を先に目にするのは不吉だと知っていたのかしら？　レベッカは唇にかすかな苦笑を浮かべた。これからの日々が思いやられるわ。

通路の両側の会衆席には参列者が座っていた。たった三日の間に、ベネディクトは奇跡的に教会での式を取り決め、伯父のジェラール・モンテーヌ夫妻とその娘夫妻と子供たちを出席させることに成功していた。ジェラールの息子のジャンポールが新郎のつき添い役を務めているし、フィオナ・グリーヴズを含めた何人かの友人もいる。

レベッカはだれも招待するつもりはなかったが、ベネディクトが独断ですべてを決めた。祭壇のそばで待っている青いドレス姿の新婦のつき添い役がドロリス、その隣にベルベットのスーツを着て蝶《ちょう》ネクタイをしたダニエルがいる。会衆席の最前列に派手な帽子をかぶったミセス・トムソンの姿も見えた。

レベッカはベネディクトの隣に立ったが、気がつくと、誓いの言葉を口にするところまで式が進行していた。わたしは〝はい〟とは答えられない！　嘘《うそ》は神さまへの冒涜《ぼうとく》だわ。

レベッカは顔を上げ、教会へ入ってから初めてベネディクトを見た。口を開け、〝いいえ〟と言おうとしたとき、一瞬早く彼が手首をつかんだ。ライオンを思わせる瞳にじっと見つめられ、レベッカはなぜか動揺が去っていくのを感じた。

細い薬指にシンプルな金の指輪がはめられ、彼の長い指にそろいの指輪をはめる間、ずっと体が震えていたのを覚えている。だが、メイフェアのフレンチレストランで開かれたパーティーの席につくころになっても、あのとき何が起きたのかわからなかった。催眠術にでもかけられたのかしら？　ベネディクトなら、ありそうなことだ。

おいしいはずの料理は喉を通らず、楽しげなざわめきも頭痛をもたらすだけだった。ベネディクトが見せる気遣いも困惑を深めさせるばかりだ。彼は笑みを絶やさず、常に優しく、皮肉はひと言も口にしない。彼が立ち上がってウィットに富んだスピーチをしたときも顔を見ていたが、新妻の自慢をするその表情に偽りの気配はなかった。いったいどういうつもりなのだろう？

三日前から二人は冷戦状態だった。ダニエルがいるので、かろうじて敵意をあらわにせずにすんだだけだ。月曜日の夕方、リージェンツパークの家に着くと、ダニエルは大喜びで探検してまわった。新しい寝室で興奮した彼にスーパーマンの毛布をかけ、寝かしつけたころには、レベッカは疲れきっていた。そのあとでベネディクトと夕食をとったが、その間ずっと彼が黙りこくっていたので、冷たくおやすみの挨拶《あいさつ》だけして客間に引き揚げた。

昨日はダニエルの希望でロンドン塔に出かけ、父と息子が急速に絆を深めるさまを見せつけられ、夜は夜で急にベネディクトの親族を招いて会食が催され、試練の時を過ごした。

「もう食べないのかい、ダーリン？　笑顔を忘れてるよ」ベネディクトが低い声で言い、ウエストに腕をまわして彼女を立ち上がらせた。

レベッカはどきりとしたが、笑みに見えるように口元をゆるめ、まつげの陰から彼を見上げた。「ごめんなさい、ダーリン」

「そのドレスを着たきみは信じられないほどきれいだ」ベネディクトは彼女の皮肉を無視

して言い、小さな耳に唇を寄せてささやいた。「ドレスに包まれているきみがもうすぐ僕のものになると思うとよけいにね」

温かな息に耳をくすぐられ、意志に反して体が熱くなってくる。困惑して目を伏せたとき、幸いにもベネディクトの伯母が彼に話しかけてくれた。

さらにドロリスも珍しくタイミングよく声をかけてくる。「先生、すごくきれいよ。学校の先生をしていたなんて、だれも思わないわ」

「ありがとう、ドロリス。お世辞でもうれしいわ」こんなことになったのもドロリスのおしゃべりが発端だが、彼女を責めることはできないし、この結婚を現実になったおとぎばなしのように思っている彼女をがっかりさせることもできなかった。

会場を挨拶してまわり始めたレベッカは、たまたまジェラール・モンテーヌと二人だけになった。

「きみと話したかったんだよ、レベッカ」

ジェラールがフランス語なまりの英語で言ったので、レベッカは少し驚いた。ゆうべも会ったが、ほとんど話はしなかったからだ。「なんでしょう？　なんだか怖いわ」

「悪いことじゃない。二人の結婚を本当に喜んでいるんだ。ただ、それにつけてもきみに申し訳なくてね。ベネディクトからこれまでのことを聞いたよ」

レベッカは驚きに目を見開き、頬を染めた。

「いや、きみを困らせるつもりはないんだよ。ただ、知っておいてほしくて……」

それからジェラールが話したことはベネディクトが手紙に書いたと言ったこととすべて一致していた。

「わたしの責任だ。年寄りのしたことと思って大目に見てくれないか？　もしもきみが許してくれれば、わたしも、そしておそらくきみも救われる」

彼の言葉に、レベッカは、まだ自分が知らない何かがあることを感じた。

「妹の主治医から患者の言葉を否定しないほうがいいというアドバイスもあったので、わたしは妹が妄想を口にするのを放置してしまった。ベネディクトにゴードンの死についてきかれたとき、わたしは初めて妹が事実と別のことを話し、ベネディクトが母親の言葉を信じていたと知った。だが、それはきみたちの婚約が破棄されたあとだった。もちろん、すぐにベネディクトに事実を話したが、遅かった。それできみを気の毒な目に遭わせていたとは」

「ありがとうございます」レベッカは小さな声で言った。ジェラールの気遣いは胸にしみたが、これで事態が変わるわけではない。ベネディクトはわたしがダニエルの誕生を告げなかったことを怒っている。そして、手紙を受け取ったのに仕返しのために黙殺したと信じ込んでいる。それどころか、彼は過去も現在もわたしを愛していない。愛のない結婚――五年前も今も。そこになんの違いがあるというの？

そのとき、ベネディクトがかたわらに来て、笑みをたたえた顔でレベッカからジェラールへと視線を移した。「僕の花嫁を口説いていたんじゃないだろうね、伯父さん？」三人は笑ったが、レベッカの笑いが引きつっていたことにだれも気づかなかった。

パーティーが終わろうとするころ、小さな顔を紅潮させたダニエルがレベッカのスカートの裾《すそ》を引っ張った。「今日は今まででいちばんいい日だよ。ぼくだけのパパができたんだもの。ジョシュは……」

不意にベネディクトが遮った。「ダニエル、今朝の約束を覚えてるかい？　泣かないこと。ママにキスをする。伯父さんのところでいい子にしている」

レベッカはうれしそうに笑っているダニエルから、ぞっとするほど険しい表情をしているベネディクトに視線を移して身震いした。あの機嫌のいい花婿はどこへ行ったの？　彼女は身をかがめてダニエルを抱き締め、頬にキスをした。

「きみは恋人にダニエルを一週間もあずけたんだ。伯父の家族と二、三日海辺のホテルで過ごすくらい平気だろう」ベネディクトが険のある低い声で言った。

驚いて彼の顔を見るうちにレベッカはふと思った。もしかしてジョシュに嫉妬《しっと》してるの？　それで、態度を急変させたのかしら？　まさか、そんなはずはないわ。いつもの皮肉屋の彼に戻っただけよ。

「わたしたちと一緒に過ごせばいいいわ」レベッカは無駄とわかっていながら、再度の抵抗を試みた。昨日から何度となく繰り返された議論だ。やはりフィオナに言われたことが、もう始まっているのかもしれない。ベネディクトはダニエルをわたしから引き離そうとしているんだわ。

「だめだ。普通の結婚らしく見せるために、二日間は二人だけで過ごすんだ」彼はレベッカの手をつかみ、招待客を送り出すために戸口へ向かった。

笑顔と祝福、ひやかしの言葉に送られてハイヤーのロールスロイスの座席におさまったレベッカはほっとして目を閉じた。これで演技はおしまいだわ。

だが、リージェンツパークの家に着いて車を降りると、ベネディクトにいきなり抱き上げられた。

「降ろして！」叫んだが、聞き入れる様子はない。

「伝統的な花嫁の迎え方だよ」彼はばかにしたように言い、抵抗をものともせずに軽々と階段を上っていき、主寝室のドアを肩で押し開けた。

わたしの心臓はこんなにも激しく打っているのに、呼吸一つ乱していないなんて。彼はこんなに大きくてエネルギッシュな人だったかしら？「もう演技をする必要はないのよ、ベネディクト。だれも見ていないわ」不安に声が震えていた。

ベネディクトは険しいまなざしで見つめ、彼女の足をゆっくりと床に降ろした。「きみは僕の妻で僕の息子の母親だ。確かに、もう演技は必要ない。これから現実が始まるんだ。

ジョシュやほかの男の記憶を消し去ってみせる。きみも自分がだれのものか、思い知るだろう」

レベッカはその言葉の冷たい響きにおびえ、もがいたが、両肩をつかむ彼の手はゆるまない。

ベネディクトは彼女を引き寄せ、シャンパンのにおいのする息を吐きながら背中のファスナーを下ろした。「ウェディングドレスはもう必要ない」

「ちょっと！」レベッカは押さえようとしたが、すでに彼がストールを取り去り、ドレスを引き下ろしていた。

ドレスはきぬずれの音とともに絨毯《じゅうたん》の上に落ち、レベッカはレースのショーツとストッキングとガーターベルトだけの姿で彼の視線にさらされていた。両腕で胸を隠し、逃げ道を求めて部屋のなかを必死に見まわしたが、大きなベッドが目に入り、たちまち五年前の記憶がよみがえった。この部屋は何も変わっていない。わたしが軽率な婚約が招く結果を知らずにこの部屋へ入ったときから、何も。

レベッカは振り向いた。ベネディクトは片手で彼女の肩をつかんだままジャケットを脱ぎ、蝶ネクタイもシャツも取って、スラックスのウエストに指をかけている。視線を上げ、その残忍な表情を見て、彼が脅しを実行に移そうとしているのがわかった。

レベッカは思いきり向こうずねを蹴《け》った。彼が息を詰めたが、かまわずに腕にかみつこうと体をひねった。だが、真珠のような歯が腕に届く前に大きな手でうなじをつかまれていた。

「相変わらず小さな爆弾だね、レベッカ。だが、こんなことに火薬を使いきるのは賢いとはいえない。勝ちめはないよ」

「どうかしら？」レベッカは言い、彼の頬を打とうと手を振り上げたが、手首をつかまれて一瞬のうちに後ろを向かされた。

「少し興奮を和らげる必要があるようだね」彼は背後から彼女の喉に触れ、その手でゆっくりと胸のふくらみを包み込んだ。「どうだい？」

レベッカはもう一度蹴ろうとしたが、膝の間に長い脚を差し込まれ、かえって不利な体勢になった。「放して！」情けなさに彼女は目を閉じた。彼はこんなに大きくて力が強いんだもの、不公平だわ。みぞおちのあたりがかっと熱くなるのを感じて、レベッカは自分に言い聞かせた。これはただの欲望よ。なんとかできるわ。だが、胸の鼓動が抑えられないほど高鳴っている今は、その自信も揺らいでくる。

「さあ、レベッカ、楽にして。今日はたいへんな一日だったんだ」彼は低い声で嘲《あざけ》りながら、じらすように胸の輪郭をなぞり、おもむろに頂に触れた。

レベッカが吐息をもらし、体の奥がちりちりと熱くなってくるのを感じたころ、彼はウエストまで手を滑らせて強く引き寄せた。彼の確かな高まりを背中に感じて、体じゅうの血がわき立った。

「目を開けて見てごらん、レベッカ、自分の姿を」ベネディクトは喉に唇を寄せてささやき、ショーツの縁に指を滑り込ませた。

目を開けたレベッカは、クローゼットの扉の鏡に二人の姿が映っているのに気づいてはっとした。窓からさし込む午後の日ざしに彼のブロンズ色の肩が輝いている。

「お願い、ちょっと待って」口ではそう懇願しながらも、体は彼のなすがままになっている。

「きみは僕を求めているんだ。わかっているはずだよ」

鏡のなかで視線が合い、レベッカは瞳を見開いた。金褐色の瞳に燃える情熱も唇に浮かぶ官能的な笑みも降伏することを誘っている。わたしはそれを拒むことができない。すでに体じゅうが燃え、こんなにもうずいている。

「ええ……ええ、そうよ」ささやいて振り向くと、レベッカは彼によりかかった。

ね、骨までとろけそうな気分にさせた。

彼はレベッカを抱き上げてベッドに運び、自分も身を横たえ、華奢《きやしや》な体を手と唇で愛撫《あいぶ》しながら、残りの下着を取り去った。

「お願い……ベネディクト」レベッカは声をあげたが、続けてほしいと懇願しているのか、待ってほしいと懇願しているのか、自分でもわからなかった。彼女は体を弓なりにそらし、彼の背中に腕をまわしてたくましい筋肉に指を這《は》わせた。

ベネディクトは一度身を引いて素早く服を脱ぎ捨て、いきなり体を重ねてきた。レベッカが驚いて身をすくませると、ベネディクトは動きをとめて彼女の時が満ちるのを待った。やがて、彼がゆっくりと動き始め、そのリズムがしだいに激しくなるにつれ、レベッカの不安は熱情の嵐《あらし》のなかに消えていった。彼女は爪を立ててベネディクトにしがみつき、熱く脈打つ体を震わせた。

世界が揺れ、二人の体が炎と燃えたと思ったとき、ベネディクトが喉の奥からうめき声をもらし、身を震わせてぐったりと彼女の上に横たわった。

しばらくして、レベッカは彼の体の下で身じろぎした。今、どこにいて何をしているのかが少しずつわかってくる。

「大丈夫かい?」ベネディクトが肘をついて自分の体重を支えた。「きみがつぶれてしまう」彼はレベッカのふっくらした唇を見つめ、喉元から胸へと視線をさまよわせた。「きみは華奢で美しい。僕の小さなヴィーナスだ」彼の顔にあるのは純粋な征服欲を満たした男の表情だった。ほかの感情は見つからない。レベッカは当惑して目を閉じた。

「重いわ」彼女はつぶやいた。こんなにも簡単に彼の誘惑に屈した自分が情けなかった。鏡のなかの二人の姿が脳裏によみがえる。あれも彼の計算だったのかと思うと胸に怒りがこみ上げた。「あなたなんか大嫌い」レベッカはそう言って顔をそむけ、サイドテーブルの時計を見て驚いた。まだパーティーが終わってから一時間しかたっていない。日も沈んでいないのだ。それなのに、こんな気持ちにさせるなんて絶対に許せない。

ベネディクトはおかしそうに笑った。「レベッカ、いくらでも僕を憎むといい。この体がだれのものかわかっているかぎりね」彼はそう言って胸に触れた。

レベッカは自分の反応に恐怖を感じて彼を押しやった。「まるで動物と同じだわ。もう少し待てたはずよ」

「いくら僕をののしろうと、きみが僕を求めているという事実は変わらない」ベネディクトは彼女のウエストから腿へと手を滑らせた。「今もね」

「違うわ」素早く両手をつかまれ、頭の両側に押さえつけられてレベッカは息をのみ、震えた。見上げる彼はまるで復讐《ふくしゅう》の天使のように力強く、金褐色の瞳は悪魔のように輝いている。

「たぶん、きみの言うとおりなんだろうね、レベッカ。僕は少し性急すぎた」彼はゆっくり唇を近づけ、レベッカは応《こた》えようとする自分を抑えきれずにぎゅっと目を閉じた。「今度はゆっくり、きみの喜びを追求することにしよう」

レベッカが目を覚ましたとき、あたりは暗くなっていた。どこにいるのかしばらくわからなかったが、けだるい体を動かしたとき、腕が温かい何かに触れたので記憶を取り戻した。すぐ近くでベネディクトの静かな寝息が聞こえていた。

彼女はそっとベッドを抜け出し、青白い月明かりに導かれてバスルームへ向かった。ドアを閉めてほっとしたが、すぐに優雅なバスルームの鏡に映った自分の裸身を見て頬が熱くなった。やわらかな肌に愛された痕跡《こんせき》がはっきりと残っている。彼だけではない。わたしも奔放に応え、熱く激しいひとときを分かち合ったのだ。彼のたくましい体を愛撫し、魅了され、無上の喜びに震えて……。

レベッカは頭を振ってセクシーな記憶を追いやり、シャワー室へ入って金めっきのタップをひねった。このお湯のしぶきが記憶も洗い流してくれるといいのに……。

だが、心の底では彼のものになるのを喜んでいる自分がいることにも気づいていた。きっと、長い間、だれにも惹《ひ》かれずにいたせいだと分析してみたが、実はそれも嘘だとわかっている。こんな気持ちになったのは相手がベネディクトだからこそなのだ。なぜか、彼には逆らえない。悔しいけれど、それはこれからも変わらないだろう。

目を閉じてシャワーを浴びていたレベッカは、不意にベネディクトの声が聞こえたので飛び上がった。

「一緒にシャワーを浴びてもいいかな?」

「だめよ!」ドアを開ける音もしなかったのに、なぜ? 急いでシャワー室を出ようとしたとたん、レベッカは彼にぶつかり、慌ててたくましい胸を押しやった。胸の鼓動がたちまち速まっていく。

「残念だな。きっと楽しいのに」

レベッカは見透かすような彼の視線に頬を染め、目を伏せた。彼がはいている黒の下着があまりにも小さいので、うろたえて視線をそらしたが、裸の胸もまぶしく、目のやり場に困ってしまう。

「それなら、こうしよう」ベネディクトは大きなタオルでレベッカを包んで体をふいてから、頭を優しく胸に引き寄せてぬれた髪をふき始めた。

レベッカは当惑した。「自分でできるわ」

「僕はきみの奴隷だ。かしずかれるのが気に入らないのかい？」ベネディクトはかすれた声で言い、タオルを床に落として彼女を抱き寄せた。

レベッカは固く目を閉じ、自分のふがいなさにあふれそうになる涙をこらえた。やっぱり、不公平だわ。もしもわたしの背が百八十センチだったら、とっくに彼にパンチをくらわせている。これまで自分で自分の人生を切り開いてきたはずなのに、ここ数日のほんの短い間に、すっかり変わってしまった。

ベネディクトは彼女の顎を持ち上げ、青白い顔をじっとのぞき込んだ。「大丈夫かい？」

彼の体の高まりを感じ、レベッカの胸に怒りがこみ上げた。「いいえ、ちっとも」瞳に涙がにじむ。

「僕たちはとてもしっくりする気がするんだが」

レベッカは体をよじって彼の腕から逃れた。「それはあなたの独りよがりな思い込みよ」すみれ色の瞳にはもう涙はなく、怒りが燃えていた。

ベネディクトが面白そうな笑みを浮かべて片手をつかみ、もう一方の手の人さし指を彼女の唇に当てた。「いくら僕を非難してもかまわないが、体のことはお互いさまだよ。僕が男だからという理由で責められないはずだ。女だからという理由で自分を責めるのもやめたほうがいい」彼はレベッカの肌に残る痕跡に視線をさまよわせた。「見てごらん。これは二人がともに満足したあかしだよ。自分だけ違うふりをするのはやめるんだ。僕の独りよがりな思い込みじゃない」ベネディクトは両手で彼女の頬を包んでキスをした。「どうだい?」傲慢な笑みを浮かべて手を離し、シャワー室へ入っていく。

レベッカはとうとう怒りを爆発させた。「あなたって、どうしようもないエゴイストなのね!」叫んだが、水音に消されて聞こえた様子はない。彼女はもう一枚タオルを取ってしっかりと体に巻き、音高くドアを閉めてバスルームをあとにした。

だが、二日間過ごした客間に入った彼女は衣類が一つ残らずなくなっていることを知り、急いで主寝室へ戻って引き出しを開けてみた。やっぱり！　彼が家政婦に服を移させたのだ。

レベッカは怒りを新たにしながら下着を着け、クローゼットを開けて最初に手に触れたものを着た。ブルーのコットンブラウスにブルーとアイボリーのプリントスカート——ベネディクトが買った服だ。急いで着て時計を見ると、十時だった。そのとき初めておなかがすいていることに気づいた。

「どこへ行くんだ？」

不意に聞こえたベネディクトの声に彼女は身をこわばらせた。「キッチンよ。何か食べようと思って」ちらりと見ると、彼は腰にタオルを巻いただけの姿でバスルームから出てきたところだった。

レベッカの様子に気づいてベネディクトは眉をひそめた。「そんなにかっかしないで」彼女の横を通り過ぎ、クローゼットから紺のペイズリー柄のシルクのガウンを出すと、タオルを無造作に床に落としてはおった。「きみを飢えさせるつもりはないよ」

「それを聞いて安心したわ」レベッカは彼のブロンズ色の肌に心を乱されまいとして嘲るように言った。

「どういたしまして」ベネディクトが思わせぶりな視線を向ける。

レベッカはおびえたうさぎのように部屋を飛び出してキッチンへ向かった。

広いキッチンには考えつくかぎりの設備がそろっていた。磨き上げられたステンレスが冷たく光っている。急にフラットの小さなキッチンが懐かしくなった。あそこに戻ることはもうないだろう。ベネディクトが彼のやり方を押し通すかぎり。

フラットは昨日、不動産業者と賃貸のリストにのせる契約をした。ベネディクトが売れと言わなかっただけましだと思うべきなのかもしれない。

ため息をついて冷蔵庫のドアを開け、なかをのぞいたレベッカは苦笑した。ミセス・ジェームズはよほど有能な家政婦なのだろう。いちばん上の棚にコールドミートの盛り合わせとサラダのトレーがあり、シャンパンのボトルまで添えられている。

だが、レベッカはそれには手を触れずにドアを閉め、調理台の上のバスケットから卵を取った。ガスレンジの火をつけて、フライパンに油を引く。太ったってかまうものですか。

トースターにパンを二枚セットしてフライパンに卵を割り入れ、フライ返しを手に取ったとき、ベネディクトがキッチンに入ってきた。

「目玉焼きかい？　結婚式の日の夕食にしてはロマンティックな要素にかけるな」彼はほほ笑んだ。「だが、きみがそれしか作れないなら仕方がない」

「わたしはあなたの奴隷じゃないわ」

ベネディクトは怒る彼女を面白そうに見た。「抑えて、抑えて。男の心を手に入れるにはまず胃袋からとママに教わらなかったのかい？」

視界の隅で見ると、彼はすぐ近くまで来ていた。「わたしをこんなに怒らせるのはあなただけよ。もしも心を手に入れたら、切り刻むまでだわ」

一瞬、二人の目が合った。彼は巧妙に表情を消していたが、顎の硬い線だけは隠せなかった。「きみが宣戦布告したと受け取るよ」

レベッカは挑むように彼を見返した。ガウンの襟元からたくましい胸がのぞいている。その男性的な迫力に彼女は殴られたような衝撃を覚えた。

手にしたフライ返しが震えだし、そんな自分の弱さを腹立たしく思ったとき、トーストが跳ね上がったおかげで料理のほうに注意をそらすことができた。ベネディクトの存在から気持ちを引き離そうと、レベッカはフライ返しを卵の下に差し込んだ。

「僕のは軽く両面焼きにしてくれないか」ベネディクトが耳元に唇をつけて言った。

唇の感触のせいだったのか、肌をくすぐる息のせいだったのか、それとも嘲るような口調のせいだったのかわからない。だが、気づいたとき、レベッカは卵をフライパンの上でひっくり返す代わりに、振り向きざまに彼の頭の上にのせていた。

そのときの顔をどう表現したらいいのだろう。卵の黄身が茫然《ぼうぜん》とするベネディクトの頭から広い額にだらりと垂れる。彼はそれが鼻まで伝ってくる間にかろうじて眉根を寄せた。

見ているレベッカは唇がひくつくのを抑えられなかった。やがて固まった白身が彼の頭から肩まで滑り下り、跳ね返って床に落ちるのを見て、耐えきれずに笑いだした。「ベネディクトエッグではいかが？」

# 8

ベネディクトの怒鳴り声にレベッカは笑うのをやめた。激怒している彼の前にいるという現実に気づき、逃げ道はないかと左右を見まわしたが、彼が動いたので飛び上がった。ベネディクトは腕を伸ばしてガスの火を消し、レベッカの手からフライ返しを奪って自分の肩越しにほうり投げた。タイル張りの床に大きな音が響く。

「レベッカ！」

「ベネディ……あっ！」レベッカは肩をつかまれ、冷蔵庫のドアに押しつけられた。

「ベネディクトエッグだって？　いいだろう。今度はきみがそれを食べる番だ」彼は体をかがめて唇を重ねた。恐怖と喜びがレベッカを襲い、血を熱くわき立たせる。

ベネディクトはせわしなく手を動かして全身を愛撫《あいぶ》し、ブラウスの前を引き開けて胸に顔をこすりつけ、歯でブラジャーのフロントホックをはずした。スカートがたくし上げられ、下着がはぎ取られる間、レベッカは震えながら立っていた。彼は瞳に欲望をみなぎらせ、彼女を抱え上げて胸に顔をうずめた。彼が胸の頂に歯を立てたとき、レベッカは彼にしがみつき、二人はそのまま固く抱き合って貪欲《どんよく》な情熱に身をまかせた。求め合う体は一つになって炎と燃え、熱いめまいが襲う。ついにレベッカは声をあげ、同時にベネディクトが大きく身を震わせて抱擁の腕をゆるめた。

レベッカは足に触れた床の感触で我に返った。冷蔵庫のドアを背中にひんやりと感じるのは体が熱く燃えているせいだ。信じられないとレベッカは思った。こんなところで愛を交わすなんて。昨日、だれかが冷蔵庫のドアの前で立ったまま愛を交わすことがどんなに心を燃やすかと話したら、笑って相手にしなかっただろう。

だが、今は笑えない。ベネディクトの金褐色の瞳には自責の念がにじんでいる。そして、その表情には理解できない何かがあった。もはや欲望とは呼べない何かが……。

「レベッカ、すまない……」彼は肩で息をしていた。彼の胸に置いた手に激しい鼓動が伝わってくる。

「いいのよ……」

「よくない！　こんなまねをしたのは初めてだ！」彼は当惑を隠せない様子で額の髪をかき上げた。「きみが僕の気持ちをかき乱すんだ。かき乱し、自分を抑えられなくなるところまで追い詰める。この華奢《きやしや》なきみの愛らしさが」彼はしばらくレベッカを見つめてからブラウスの前をかき合わせ、スカートを整えた。「結婚式の夜だというのに！　悪かった、レベッカ。僕は獣だ。きみを……傷つけたね」

レベッカは優しくほほ笑んだ。「傷つけてなんかいないわ」この眉間《みけん》のしわを消してあげたい。ダニエルにしてあげるように抱き締めて慰めてあげたい。悲しみと罪悪感の入りまじったこの表情はダニエルとそっくり……そう思ったとき、レベッカはすみれ色の瞳を見開いた。彼に傷つけられるわけがないわ。だって、わたしは……彼を愛しているんだもの。もう自分を偽ることはできない。これは肉体だけの欲望や義務感ではない。まぎれもない愛情だ。

レベッカが頬をばら色に上気させ、輝く瞳で見上げたとき、彼は言った。「今は免れても、いつかそうなる」独り言のように彼は続けた。「僕はきみと結婚すべきではなかったのかもしれない」心のなかの思いが口をついて出たような言葉だった。

レベッカは急にやつれたような彼の顔を見つめ、胸に置いていた手を力なく下ろした。やがて、シニカルな笑いが喉にこみ上げてきた。皮肉すぎるわ。わたしがやっと彼を愛していることを自分に認めたときに、彼は反対の結論に達していたなんて。わたしを憎み、結婚したことを後悔して……。

「ベネディクト……」

彼はいつもの人を寄せつけない気難しい表情に戻っていた。「もうしばらくこの家にいてくれ。だが、心配することはない。もう二度と無理強いはしないよ。なるべく早く郊外にきみとダニエルが暮らす家を用意しよう。僕はここで暮らして、ときどききみの許可を得て訪ねることにする」

前もって決めていたとおりね。レベッカはあまりのつらさに一瞬、目を閉じた。

「寒いだろう。ベッドに入ったほうがいい。ここは僕が片づけるから……話は明日にしよう」

その冷たい声に心も凍る思いで、レベッカはキッチンを出た。惨めな気持ちが押し寄せて足元がおぼつかない。これ以上、何を話すというの？

ベッドに入っても眠れなかった。ぬぐってもぬぐっても涙があふれてくる。結婚してまだ何時間もたっていないのに、人が知りうるすべての感情を経験した気がする。あれは本当にたった三日前のことだったの？　自分のフラットのベッドで、ベネディクトと結婚することになったいきさつに動揺しながら、彼を愛せるわけがないと自分に言い聞かせていたのは。だから、傷つくことは二度とないと……。

同じ間違いは犯さないつもりだったし、こんなに冷酷で復讐《ふくしゅう》心を燃やし続けている人のことなど愛せるはずがなかった。それなのに、彼を愛していることを否定できず、二人が愛を交わした同じベッドにこうして身を横たえているなんて。

レベッカは胸の上に重いものをのせられ、はっと目を覚ました。頭をめぐらせて夜明け前の闇《やみ》を透かすと、かたわらにうつぶせになっているベネディクトが見えた。胸にのっているのは彼の腕だ。

いつの間にか眠っていたらしく、ベネディクトが部屋に入ってきたのにも気づかなかった。

そのとき、彼が何かつぶやいたので、レベッカは身を硬くした。目が覚めているのかしら? そんなわけはないわ。重い腕を下ろそうと彼の肩に触れたレベッカは何かがおかしいと感じた。不自然に熱いのだ。名前を呼ばれた気がして再び肩に触れ、肌が汗で湿っていることに気づいた。

息も荒い。寝言を言うのは悪夢にうなされているせい? なぜかベネディクトのことを身も心も強い存在だと思ってきたけれど、彼も弱さを持ち、恐怖におびえる同じ人間だったのかもしれない。

彼の腕を持ち上げることができなかったので、そっと這《は》い出して起き上がると、ベッドサイドの明かりをつけてローブをはおった。彼は黒い眉を苦しそうに寄せている。これは単に悪夢を見ているだけではないわ。どこか体の具合が悪いのよ。

彼は身じろぎして寝返りを打ち、毛布を体の下に巻き込んで仰向けになった。胸が苦しそうに上下し、汗で湿った髪が額に張りついている。

「ベネディクト」ベッドの縁に腰かけて額の髪をかき上げようとしたレベッカは、その熱さに驚いた。

ダニエルが麻疹《ましん》にかかったときのことが脳裏をよぎり、胸が締めつけられる。レベッカは唇をかんだ。これはただ事ではない。すぐに手を打たなければ。でも、どうすればいいのだろう？

何度か名前を呼んでみたが、彼は目を覚まさない。夏風邪だろうか？　だが、そうしている間に全身を激しく震わせ始め、もっと悪性の何かであると思わざるをえなくなった。苦労して毛布を引っ張り、肩までかけると、ベネディクトがびくりとして顔を上げ、目を開いて片手で彼女の手首をつかんだ。

「レベッカ、行かないでくれ。頼む……」そう言おうとするように口が動いたが、声は出てこない。

「大丈夫よ、どこにも行かないわ。でも、あなたは病気なのよ」かかりつけの医師はだれなのだろう？　結婚はしたけれど、わたしは彼のことを何も知らない。「お医者さまに診ていただかないといけないわ」

熱に浮かされてうるんだ瞳が彼女を見つめた。「医者はいらない。熱病だ。薬が……バスルームのキャビネットに」彼は力尽きたように目を閉じた。

レベッカは毛布をかけ直しながら動揺に襲われた。熱病？　どんな熱病なの？　きっと前にも発病したことがあるのだろうけれど、わたしにはわからない。彼は眠ったの？　それとも意識を失ったのかしら？　いずれにせよ、ぐずぐずしてはいられない。

レベッカはバスルームへ走ったが、洗面台の上の大きなキャビネットを開けてからうめいた。薬瓶が六つも並んでいる。震える手で一つ一つ取り上げてラベルを読み、四つは鎮痛剤だとわかった。残り二つのうちのどちらかだ。だが、ありがたいことに両方に同じ医師の名前が書いてあった。

彼女は瓶を持って階段を駆け下り、書斎へ入った。大きなオーク材のデスクの上に電話番号簿を見つけ、ほどなくドクター・フォールカークに電話をかけた。

答えた声は眠そうだったが、手短かに説明すると、医師はどちらかにクロロキンと書いてあるだろうと言った。

レベッカはほっとした。「はい」

「慌てることはない。前にも同じことがあったと記憶しているよ。ミスター・マクスウェルはよく薬をのみ忘れるんだよ、ミセス・ジェームズ」医師は誤解していたが、レベッカはあえて訂正しなかった。「三百ミリのタブレットだから、一錠でいい。今すぐグラス一杯の水でのませてくれないか？　あとは汗をふいて水分をたくさんとるように。午前中の診療が終わったら往診しよう」

今すぐ来てくださいと叫びたい気持ちを抑えてレベッカは電話を切り、水を持って主寝室へ戻った。ベネディクトはさっきと同じ姿勢で横たわっていた。顔がさらに赤くなり、額から汗が流れ落ちている。レベッカは思わず目に涙を浮かべた。

「ベネディクト、お願いだから目を覚まして！」グラスをサイドテーブルに置き、片手に薬をのせてベッドの縁に腰かけ、広い肩に手をまわしたとき、彼が目を開けた。

「レベッカ……いたんだね」

「話さなくていいわ。これをのんで」唇にタブレットを押し当てると彼が弱々しく口を開けた。レベッカは彼の頭を支えてグラスを口元に運んだ。「さあ、飲んで、ベネディクト」

ベネディクトがごくりと水を飲み込んだのでレベッカはほっとした。彼はそのままぐったりと頭を彼女の胸にもたせかけ、うわ言を言い始めた。

「ゴードン、すまない……おまえを裏切った。はっきりさせるべきだったのに……許してくれ……許して……悪いのは……レベッカ」彼は体を反転させて枕《まくら》の上に頭をのせ、背中を向けた。「理由はそれだけじゃない……」苦しそうにあえぎ、身じろぎする。レベッカは耳にした言葉を悲しく胸に刻んだ。彼はやはりわたしが悪いと思っているのだ。そして、結婚したことを後悔している。

レベッカはかがみ込んで彼を見つめた。明日はわたしを憎むかもしれない。でも、今は必要としてくれている。それだけで充分だわ。

ベネディクトが仰向けになり、不意に彼女の両手をつかんで驚くほどの力で胸の上へ引き寄せた。彼の胸の鼓動が伝わってくる。レベッカは懸命に涙をこらえた。こんなふうに彼を見ているのはつらい。

ベネディクトは大きく目を見開いて彼女を見つめた。「ゴードン……レベッカ。罪深い情熱が……僕に権利はないのに。わかってくれ……頼むから、わかったと言って……」

彼の瞳を見つめているのはレベッカには耐えられないことだった。「わかったわ、ベネディクト。大丈夫だから、安心して休んで」

ベネディクトは彼女の顔を見つめた。「泣いているのか、レベッカ？　僕のために？」彼は口元に笑みを浮かべた。「ここにいてくれ」不意に手首を握る力が弱くなり、またぐったりと枕に沈み込んだ。

意識を失ったのではなく眠ったのだといいけれど。レベッカはそう願いながら、水を入れた洗面器とタオルをバスルームから運んできて彼の汗をぬぐった。湿ったシーツを替えなければならないことにも気づいたが、どうしたらいいかわからない。

だが、そうしながらも、繰り返し考えるのは彼の言葉の意味だ。どういうことなのだろう？　〝罪深い情熱〟や〝理由はそれだけではない〟とは？　それがわかったら、もう少し彼のことも理解できると思うのに。

そのとき、玄関のベルが鳴った。ドクターだ。レベッカはぴくりとも動かないベネディクトの体を毛布でくるんでから階下へ向かった。

「わたしの言うことを守らないとはけしからんね、ミスター・マクスウェルは」がっしりした印象のドクター・フォールカークはスコットランドなまりでつぶやきながらホールへ入り、行き過ぎてから振り向いた。「おや、ミセス・ジェームズじゃないな」灰色の目でレベッカの青白い顔をのぞき込む。

「わたしはベネディクトの妻です」初めて口にした言葉だったが、なぜかそれで自信がついた。「ミセス・ジェームズは休暇をとっています」レベッカは握手の手を差し出した。

ドクター・フォールカークはほほ笑み、力強く握手をした。「ベネディクトもついに結婚したか。おめでとう。式はいつだったのかな?」

レベッカは頬が上気するのを感じた。「昨日です。どうぞ、こちらへ」

驚いたことにドクターは階段を上りながら笑いだした。「発作のわけがわかったぞ。この病気は強い興奮が発熱を引き起こすんだ。男にとって、結婚は人生にこれ以上ないほどの一大事だ。心配することはない。たぶん、一日、二日でよくなるよ」

ドクターはまだ笑いながら寝室へ入り、脈をとって目を診た。まぶたをめくられても、ベネディクトは動く気配を見せなかった。

「思ったとおりだ。ベネディクトはこの厄介な病をアマゾンで拾ったんだよ。熱帯には何百何千という病があって、多くは名前さえついていないが、彼の病は比較的早く正体が割れた。心配はいらない。ベネディクトは結婚式のさまざまないいことにとりまぎれて、うっかり予防するのを忘れたんだよ。もうクロロキンはのませたね? 何時だったかな?」

腕時計を見ると十時半だった。そして、初めて自分がローブ姿であることに気づいて頬を真っ赤にした。たいへんだわ。ドクターはどう思っているかしら？「電話でお話しさせていただいてから十分後くらいだったと思いますけど」

「ということは六時半だね。今日は時間をおいてあと二度、のませてくれないか？　明日とあさっては一度ずつでいい。一週間に一度、薬をのむのを忘れなければこんなことにならなかったんだけどね」ドクターは改めて小柄なレベッカを見て口ごもった。「もしも不安なようなら看護師をよこそう。入院させることもできる。以前にもあったことだ」

「いいえ、大丈夫です。一人で看病できると思います」レベッカは答えた。せっかくベネディクトがわたしを必要としているのだ。彼に愛情を注ぐことのできる唯一のチャンスかもしれない。

ドクターはにっこりした。「それはけっこう。だが、困ったら、午前中のうちにわたしに電話をかけなさい。彼を極力、寝かせておくように。少なくとも休息が必要だ。仕事を休んで長いハネムーンを過ごすよう説き伏せることを勧めるが」

「ええ、やってみます」彼女は弱々しくほほ笑んだ。

「きみは魅力的な女性だ。断るようなら、彼はよほどの間抜けだよ」ドクターは笑った。

レベッカは医師を見送ってから書斎へ行き、ダニエルがベネディクトの伯父の家族と一緒に滞在しているブライトンのホテルに電話をかけた。ベネディクトの身に起きたことを説明してもジェラールは少しも驚かない。ダニエルも電話口に出たが、ジェラールの孫たちと楽しく遊んでいるし、これから浜辺へピクニックに行くところだというので安心して電話を切り、急いで寝室に戻った。

ベネディクトは苦しそうな様子で眠っていた。レベッカは手早くシャワーを浴びてブルーのワンピースに着替えてから看病を続け、午後二時に彼を起こして薬をのませた。苦労して大きな彼の体をふき、なんとかシーツを替えることにも成功した。

ベネディクトは、相変わらず交互に襲う激しい高熱と発作的な悪寒に苦しめられながら、うわ言を口にしていた。レベッカは彼の手を握って回復を祈りながら、愛に目覚めた喜びと絶望の間を行き来した。

しばらくして、何か食べなくてはと思いつき、キッチンへ行って冷蔵庫のコールドミートを食べ、コーヒーを喉に流し込んだが、なんの味もしなかった。

水差しを持って戻り、ドアを開けると、夕日が窓から投げかける光でばら色に染まった部屋のなかでベネディクトが体を起こしていた。

「どこへ行っていたんだい？　いなくなってしまったのかと思ったよ」髪が乱れ、高熱のせいで顔がやつれている。

「ああ、ベネディクト」レベッカは思わずベッドに駆け寄り、水差しをサイドテーブルに置いて手を取った。「あなたを置いてどこへも行くはずがないわ。気分はどう？　心配したのよ」もう一方の手でひげが伸びかけた顎に触れる。

「レベッカ……ああ、僕は……」

「何も言わなくていいわ。エネルギーを消耗するだけだから。それに、そろそろお薬の時間なの。水分もとらなくちゃいけないわ」

ベネディクトは苦笑を浮かべた。「僕だけのフローレンス・ナイチンゲールだね」

レベッカは彼に背を向けてグラスに水をついだ。わたしは彼を愛している。でも、そのことを彼に知られるわけにはいかない。彼女は気持ちを落ち着けてからグラスと薬を渡した。彼の手にグラスを持つ力がないことに気づくと、手を添えて支えた。

ベネディクトは薬をのんで再び横になった。「ありがとう」深く息をついて目を閉じる。

レベッカはまた浅い眠りに引き込まれていく彼を見守っていた。


はっとしてレベッカは顔を上げた。いつの間にかうたた寝をしたらしい。暗い部屋にベネディクトの寝息だけが聞こえていた。サイドテーブルの明かりをつけてみると夜中の一時だった。ベネディクトはぐっすり眠っていて、苦しそうな様子はない。

レベッカは身を震わせた。体が冷えきっている。ベッドの上のベネディクトの隣の空間が誘っているように見えた。そっと横になれば彼を起こすこともないだろう。レベッカはワンピースと靴を脱いで毛布の下にもぐり込み、吐息をつきながら目を閉じた。少し休もう。彼の熱は峠を越えたように思えるし、わたしも疲れたし……。

レベッカは温かく心地よい何かに頬をのせ、安らいだ気持ちで夢と現実のあわいを漂っていた。だれかの指が唇に触れる。きっと、ベネディクトだわ。レベッカはため息をもらした。

ベネディクトですって？　彼女はぱっと目を開けた。体を起こそうとしたが、なぜか少しも動かない。

おかしそうに笑う声がして胸元を見ると、ベネディクトの片腕に抱えられていた。

「こんにちは、レベッカ」

「こんにちは？」

「一時半だよ。金曜日の」ベネディクトは片肘をついて体を起こし、彼女を見下ろした。表情に疲労はあるものの瞳は澄みきって、三十数時間熱と闘った証拠としてひげが濃く浮かんでいる。「きみのおかげでよくなった」

「そうだわ、お薬をのまなくちゃ！」

「それは待てる。だが、きみと僕のことは待てないよ」彼はウエストにまわした腕に力をこめた。

「でも、お医者さまが……」

「知っているよ」

「どうして？　昨日は意識がなかったのよ」レベッカは彼を見つめた。頭がはっきりしていないのかしら？　もしかしたら、まだ熱が……。

「熱はあったが、医者の話は聞こえていた。目を開けなかったのは、きみが僕の世話を拒否するのを見るのが怖かったからかもしれない。きみにそばにいてくれと何度も頼んだのを覚えている」

「あなたはうわ言を言っていたのよ」

「ひどいな、僕に恥をかかせるなんて」

「ベネディクト」レベッカは彼の胸に手を置いたが、そうしてから親密なしぐさだったことに気づいた。「わたしは……」

「レベッカ、聞いてくれないか」ベネディクトが彼女の顎をつかんだので、まともに瞳を見交わさざるをえなくなった。「二時間ほど前に目を覚ましたら、きみはぼくの腰に腕をまわして子猫のように丸くなって眠っていた。一瞬、僕は命を失って天国へ来たのかと思ったよ」

レベッカは頬が熱くなるのを感じた。もしかしたら、彼はわたしのことを？　いいえ、そんなはずはないわ。「あなたはまだ生きているわ」

ベネディクトは彼女の言葉を無視して続けた。「それから、我に返って、ずっときみを見ていた。眠るきみを見ながら、なんと言おうか考えていた」

「説明する必要はないわ……」

「レベッカ、これほど勇気を持てることは二度とないだろう」彼は唇に奇妙な笑みを浮かべた。「あるいは、これほど体が弱ることもないだろうというべきかもしれないが。だから、頼むから聞いてくれ。僕はきみを愛している。ずっと愛していたし、これからもずっと愛し続ける……」

# 9

思ってもみない言葉だった。レベッカは茫然《ぼうぜん》として口を開けた。脈拍が速まってくるのがわかる。沈黙が長引くにつれ、二人の間の緊張は高まったが、返す言葉が出てこない。信じられないわ。でも、どんなに信じたいか！

「レベッカ！」ベネディクトが初めて見る切迫した表情で見つめていた。「僕を愛してほしいとは言わない。僕にはその資格はないとわかっている。だが……僕は思ったんだ……」いつも自信たっぷりの彼が言いよどんでいる。「きみとダニエルは郊外の家に住めばいいと言ったが……もう少し友好的な解決法はないかと……結婚式の夜はひどいことをしてしまった。でも二度としないと誓うから……もしかしたら、結婚生活をうまく続けていけるかと……」口ごもり、柄にもなく赤くなる。だが、金褐色の瞳には決然たるものがあった。「僕は思った──いや、願った。きみは僕の体をふき、薬をのませ、献身的に看病してくれた。だから、僕を憎んでいるわけではないのだと……」

「ベネディクト、あなたがわたしを憎んでいたんじゃないの？　ダニエルのことを隠していたから。ゆうべだって言っていたわ……」

「何を言ってるんだ？　僕のうわ言がどう聞こえたか知らないが、思ってもいないことを言うはずがないじゃないか。きっと、ゴードンのことだ。きみにわかってもらいたくてたまらない思いだったから。きみはわかったと答えてくれただろう？」

「あなたがうわ言を言って苦しそうだったから、調子を合わせただけよ」

「レベッカ、きみという人は、僕が出会ったなかで最も手に負えない頑固者だ」

これでこそ、わたしのベネディクトだわ。レベッカがうれしく思ったとき、彼が両肘で自分の体重を支えて体の上に覆いかぶさってきた。「まだうわ言を言っているの？」

「説明しようとしているんだ。五年前にしようとした説明を。先週フランスで、ゆうべこの家でしようとした説明を。今度はちゃんと聞いてくれるまできみをこのベッドから出さないよ。いいね？」

「わかったわ、ベネディクト」レベッカは答えた。どれだけ誤解し合い、どれだけ傷つけ合ったことだろう。きちんと向き合って話し合わなければいけないのだ。ダニエルのこともある。ダニエルのためだけにでも、ベネディクトの話を聞かなくては。

「まず、先週、僕が話した手紙のことは信じてくれたのかい？」

「ええ。それに、結婚式のときにジェラール伯父さまからお話をうかがったわ。伯父さまは謝ってくださった。あなたがゴードンの死のことを誤解していたのは自分にも責任があることだとおっしゃって」

「よかった。だが、実は手紙に事実をすべて書いたわけではなかったんだ」

レベッカは身構えて彼の真剣な顔を見た。

「初めから話したほうがいいだろうね。大学の講堂で最前列に座っているきみを見たとき……」ベネディクトは大きく息を吸った。「僕はうろたえた。天使みたいな顔をした小柄な女性がすみれ色の瞳にあふれる知性と生命力を輝かせていた。僕はすっかり魅了された。だが、隣にルパートがいた。きみが彼の妻でないことはわかっていたから、あらぬ誤解をした。だからパーティーで紹介されても顔を見ることさえできなかった。そんなに強く女性に惹《ひ》かれたことがなかったからね。ルパートがもう一度きみを紹介したときも同じだったが、フルネームを聞いて、運命のいたずらに愕然《がくぜん》とした。僕の心を奪った女性が、まさか弟の恋人だったとは」

ベネディクトの言葉を聞くうちに、レベッカの胸にともった希望の火がしだいに明るく燃え始めた。

「僕はゴードンの死について語る母の言葉を信じていた。伯父に事故死だと聞かされていたにもかかわらずね。いずれにせよ、もう亡くなっていたゴードンにしてやれることはなかった。だが、きみがだれであるかを知り、僕は弟の恋人に惹かれた自分に罪悪感を覚えた。僕は混乱し、きみは母が言うとおりのひどい女かもしれないと思った。そしてゴードンを自分の感情と闘うための盾にした。だが、いくらあらがおうとしてもきみに惹かれ、きみのすべてを自分のものにしたくてたまらない。そのうちに、自分がひと目できみのとりこになったという事実から、ゴードンはきみに誘惑されたのかもしれないと考えるようになった」

レベッカはじっと彼を見つめた。瞳に偽りの色は見えない。では、あなたも同じだったの？　二人とも、ひと目で恋をしたの？

「あなたがだれかのとりこになるなんて信じられないわ」レベッカはつぶやき、彼の肩から胸へと視線をさまよわせ、無意識のうちに指で胸をなぞった。

「結婚式の夜、きみの奴隷だと告白したはずだよ」彼はレベッカの手を取って唇につけた。

確かに聞いたが、あのときは激怒していて本気にしなかった。まだ彼を信じていいのかわからない。

「疑うのも無理はない。だが、聞いてくれないか。僕はきみへの思いと闘った。密林で過ごした日々のせいでどうかしてしまったのだと自分に言い聞かせさえした。愛や恋など信じていなかったし、自分はそんなことにならないと思っていた。だが、きみの瞳を見た瞬間に心を奪われた。自分に嘘《うそ》をついたのは、ゴードンのために復讐《ふくしゅう》しているのだと思っていれば自分の行動を弁解できるし、ゴードンを裏切っていると感じなくてすむからだ。きみと初めてこのベッドで愛を交わしたとき……」ベネディクトは瞳をきらめかせ、レベッカの額にキスをした。「あれは僕の人生で最もすばらしく、同時に最も恐ろしい出来事だった。きみがヴァージンだったと知ったんだ。きみはゴードンのものでも、ほかのだれのものでもなかった。僕は愕然として、どう考えたらいいのかわからなくなった。その結果、きみに暴言を吐いた。あのとき、きみとゴードンのことを口にしたのは、単に自分の罪深い情熱を隠すためだった」

「でも、婚約するつもりも結婚するつもりもなかったんでしょう？」彼が感じていたのが欲望だけだったと思うと、今でもつらい気持ちになる。

「そう思っていたし、そうであるはずだった。だが、無意識のレベルではきみに理不尽な非難を浴びせたことをわかっていたし、きみとの関係を終わらせたくないとも思っていたのだろう。あの夜、一人になって考えているうちに、不意にきみと結婚しなくてはならないという気がしてきた。結婚制度そのものを信じていなかった僕がだ。それで、翌朝、きみに電話をかけたんだが、すでに遅かった。そして、許しを請うにはプライドが高すぎた」

あの日、彼は電話をかけてきて婚約を破棄することはないと言ったわ。でも、気軽な口調だった。そのとき、レベッカはずっと心に引っかかっていたことがあるのを思い出した。

「わたしが動揺したまま列車で帰ったと言っていたわね？　でも、あなたは駅で車から降りなかったはずよ」

「きみは一度も振り返らなかったからね。僕はプラットフォームまできみを追って走っていったんだ。列車の窓にきみが見えた。うつむいて泣いていた。僕は自分の愚かさを呪《のろ》ったよ」

彼を信じたいとレベッカは思った。だが、流れた歳月がその邪魔をしていた。

「ジョナサンの洗礼式で会ったときにも何も言ってくれなかったわ」

「話そうと思っていた。だが、きみが取りつく島もないほど冷たかったからおびえてしまった」

レベッカはまじめな顔の彼に笑みを向けた。「信じられないわ。大きなあなたが百五十二センチのわたしにおびえるなんて」

「そのすみれ色の瞳で冷たくにらまれるだけで充分だよ。知らなかったのかい？」

レベッカはその瞳で彼の顔を探るように見つめたが、嘲《あざけ》っているような様子はどこにもなかった。

「それからメアリーにきみを誘惑したと責められ、僕は二人のことを彼女に話したきみに激怒した。我を忘れるほどに」

レベッカも書斎での口論を思い出した。あのとき、我を忘れるほど激怒していたのは彼だけではないわ。わたしも彼を傷つけるようなことを言った。

「ゆうべも話そうとしたんだ。いや、その前の夜かな？　洗礼式の日、きみが言ったことは正しかったよ。僕は自分の罪悪感を軽くするためにきみを身代わりにしたんだ。それを自覚するのに、ずいぶん時間がかかったけどね」

ベネディクトはしばらく口をつぐみ、言葉を探すように瞳に遠い表情を浮かべた。

「家族とはさして親密だったとはいえないし、会社に長期休暇をとってアマゾンへ行くことにもなんの気後れも感じなかった。母は再婚相手とうまくいっていたし、彼は父の右腕だった人だから事業をまかせても心配なかった。それに、事業はゴードンと伯父の息子のジャンポールが継ぐことになっていた。だが、五年後に帰国して義父とゴードンが亡くなったことを知り、罪悪感に見舞われた。それまで母が僕を必要としているなどとは考えてもみなかったんだ。そして、負い目から母の言葉をうのみにした」

彼の瞳に浮かぶ悲しみがレベッカの胸を打った。「あなたを責めてごめんなさい。わたしには責める権利はなかった。あのときは怒っていたのよ。傷ついて腹を立てていたの」

レベッカはいつの間にか彼の胸に触れていた。彼のぬくもりがてのひらに伝わり、言葉のぬくもりとともに彼女を包む。手を胸から下へ滑らせると、彼は身をこわばらせた。

「今はやめてくれないか。きちんと話しておきたいんだ」声はすでにかすれている。

レベッカは頬を染めて両手を胸の上で組み合わせたが、急に彼に触れている脚が熱くくすぐったく感じられた。

「動かないで！　僕を苦しめたいのかい？」金褐色の瞳の奥の炎がレベッカを驚かせた。

彼は唇をゆがめた。「きみが言ったとおり、僕は罪悪感を覚えていたんだ。最初のデートのときからきみはゴードンの死になんの責任もないとわかっていた。きみは率直で気持ちを隠そうとしなかったが、僕は……年齢も違ったし、高まっていくきみへの思いが怖かった。初めての恋に面くらい、混乱して、気持ちを抑えなければいけないと思った。だが、きみを求めていたんだ。ああ、どんなにきみを求めているか!」

求めている――レベッカは少しずつ彼の言葉を受け入れ始めていた。

「わかってくれるね、レベッカ。僕は弟の恋人に惹かれていると思っていたんだ。ゴードンがこの世にいないとわかっていても、彼が愛していた人だ。きみを腕に抱くたび、キスをするたび、きみに欲望を感じるたびに罪悪感が僕を責めた。そして自分に腹が立ち、罪をきみに転嫁した」

「自分を責める必要はなかったのに」

「今はわかる。だが、あのころはゴードンを裏切っていると感じていた。そして、その必要はないのだと悟ったときには、すでにきみを失っていた」

罪深い情熱――うわ言で聞いたのはそういうことだったのだ。でも、本当に彼を信じられる? レベッカは彼を見つめた。ハンサムな顔にひげが伸びて海賊のような印象を作り出しているが、瞳は痛々しいほど無防備だ。

「僕を許してくれるかい? そして、初めて会ったころのように僕を信じてくれるかい？」

レベッカは片手を彼のうなじにまわした。胸に温かいものがあふれ、何年も心とプライドを守ってきた防壁を壊していく。「もちろんよ」それを聞いてベネディクトの瞳がうれしそうに輝いた。「でも、あなたはわたしを許せるの？　わたしは故意に子供の存在を知らせなかった。あの子が生まれたとき、わたしは一人で育てていくために怒りをかき立てたの。あなたを憎んでいると思い込もうとし、あの子の父親と思うこともやめた。そんな権利はなかったのに。四年間、罪悪感から逃れられなくて……」

「レベッカ、それはいいんだ」ベネディクトは鼻の頭にキスをした。「確かに、ダニエルの存在を隠していたと知ったときには激怒したが、胸のなかはうれしさでいっぱいだったんだよ」

レベッカは吐息をついた。「子供がいるとわかったから？」

「そうだよ。そして、これでとうとうきみに結婚を承諾させられると確信して……」

「でも、ダニエルのことがなかったら、二度とあなたと会わなかったのね」レベッカの声が沈む。

ベネディクトはかたわらに身を横たえて彼女を抱き寄せ、額から優しく髪をかき上げた。「レベッカ、なぜ、そんなことを？　先週、フランスできみの姿を見たとき、やっと運命の女神がほほ笑んでくれたと思った。そして、きみはきっと許してくれる、二度目のチャンスをくれると自分に言い聞かせた。二日間、生徒たちと一緒に過ごすことができて希望が生まれたが、きみは用心深く距離をとっていた。そして、食事に出かけたとき、きみが手紙を受け取らなかったと知ったが、それでも僕の話に耳を傾けてくれるとわかって、きみを取り戻せるかもしれないと有頂天になった。きっときみと結婚できると。あの夜、僕が海岸で飢えた獣のようにふるまったことを覚えているかい？」

「ええ」忘れるわけがない。あのときのことを思うと今でも熱く胸が震えるのに。

「あれは計画したことだったんだ。次の日きみと会ったら住所をきき出して、ロンドンに戻ってから訪ねるつもりだった。根気よく食事に誘い、心をこめて求愛すればジョシュという男のことを忘れさせられると思っていた」

レベッカは彼の緊張を感じ取った。黒ずんだ金褐色の瞳が問いかけている。「ジョシュは学生時代からの友人よ。奥さんのジョアンも同じ。二人はコウブリッジに住んでいて、休暇には何度も訪ねていたし、年齢の近い子供もいるから、フランス旅行の間、ダニエルをあずかってもらったの。それで、お土産にコニャックを買ったのよ」

ベネディクトはうめいた。「僕はどこまで間抜けなんだ！　披露宴でダニエルからジョシュの名前を聞いて動揺して、さらうようにきみを連れ帰って乱暴に抱いた。嫉妬《しっと》していたんだ。許してもらえないかもしれないね。ドロリスから子供のことを聞いて、すぐにきみに結婚を迫ったのは、単にこのチャンスを逃す手はないと思ったからなんだ」

「でも、わたしが手紙を受け取りながら無視したと思っていることをほのめかしたわ。傷ついたのよ」

ベネディクトの唇に自嘲《じちょう》の笑みが浮かんだ。「怒っていたんだ。あの二日間、何度も留守のフラットを訪ねながら、きみが恋人と週末を過ごしているのではないかと思って嫉妬にさいなまれた。やっときみをつかまえたときには本当に絞め殺したい気分だった。だが、ダニエルに会い、初めて息子をベッドに寝かしつけてみると、自分が望んでいるのは息子の母親とベッドをともにすることだとわかったんだ」

「そうすることもできたのに。でも、あなたはわたしを拒絶したわ」あれには耐えがたいほど傷ついた。

「僕がばかだった。きみも同じくらい僕に惹かれているという確信が欲しかったんだ。途中で置き去りにしたら、きみも結婚したいと思ってくれるかもしれないと。だが、その結果はどうだ？　きみはベッドでぐっすり眠り、僕はソファで悶々《もんもん》として過ごさなければならなかった」

レベッカはくすくす笑った。「どうしてわたしがぐっすり眠っていたと言えるの？」

「四時ごろとうとう降参し、きみのベッドに入ろうと部屋をのぞいたら、きみは狭いベッドで大の字になって熟睡していた」

レベッカはセクシーな笑みを浮かべた。「入ってきてもよかったのに」ささやいて両腕を彼の首にまわす。まだ話し合わなければならないことはたくさんあるけれど、もうベネディクトを疑っていない。幸福感で胸がいっぱいだ。すでに五年という月日を無駄にしたんですもの。もう待つことはできないわ。この先、話す時間はいくらでもあるんだから……。

ベネディクトはばら色の頬に唇を寄せてささやいた。「愛しているよ、レベッカ。このことだけは信じてほしい。もう一度チャンスを与えてくれるなら、残りの人生をかけてきみの愛を勝ち取ってみせる」

熱い唇が肌を震わせ、言葉が心を震わせる。レベッカは彼の頭を引き寄せた。「そんなに頑張る必要はないわ」わたしはあなたを信じるわ。信じなければ。だって、あなたを愛しているんですもの。

ベネディクトは驚いたように顔を上げて見つめた。「もしかしたら、それは……」

「そうよ。わたしはあなたを愛しているから……」レベッカは深く息を吸い、それからありったけの思いをこめて彼に抱きつき、キスをした。

ベネディクトがうめき、思いのたけをこめたキスを返す。優しさと愛情、許し、そして希望。すべてを約束する無上のキスだった。ベネディクトが彼女を抱いたまま体を回転させて下になり、ブラジャーのホックをはずした。

レベッカは熱い震えが体を駆け抜けるのを感じたが、理性の縁に踏みとどまって金褐色の瞳を見つめた。「あなたは病気なのよ、ベネディクト。こういうことはよくないわ」

だが、ベネディクトは手をとめなかった。

「ちゃんと考えて……」それが理性的に考えられた最後の言葉だった。

ベネディクトは喉から胸へと唇を這《は》わせ、優しく歯を立てながら全身を愛撫《あいぶ》する。レベッカがしなやかな体を力強い体に押しつけると、彼が両手で頬を包んだ。「レベッカ、今度はきみが見せてくれ。僕を求めているあかしを」

彼はすべてをわたしにゆだねようとしている。レベッカはほほ笑み、体を起こしてみずから彼を迎え入れた。やがて情熱に導かれてゆっくりと体を動かすと、言いしれぬ満足感と喜びが胸にあふれた。彼はわたしのものだわ！　レベッカは厚い胸に小さな手を置き、頭をのけぞらせて歓喜に酔った。

不意にベネディクトが彼女のウエストをとらえ、胸に唇を寄せた。そして愛撫を続け、熱い言葉をささやき、燃えるような情熱の極みへと導いていく。

愛しているという彼のかすれたつぶやきを聞いて、レベッカは笑みを浮かべ、そのまま彼の胸の上にくずおれた。たくましい腕が守るように体を抱く。何より安心で心地いい場所だとレベッカはぼんやりした頭で思った。

しばらくして電話のベルが鳴り響き、ベネディクトが低くうめいて彼女をかたわらに横たえ、腕を伸ばして受話器を取った。「ベネディクト・マクスウェルです」

それがジェラールからの電話であることはレベッカにもすぐにわかった。ベネディクトの症状を心配してかけてきたのだ。

「ダニエルと話したいわ」

「順番だよ、レベッカ」ベネディクトがにやりとする。息子と話す彼の声を聞きながらレベッカはほほ笑んだ。愛情と自信が口調ににじんでいる。わざと下腹部に手を滑らせると、彼は声を詰まらせ、笑って受話器を譲った。「負けたよ。きみの番だ」

だが、ベネディクトの愛撫の報復を受けて会話は長くは続けられなかった。それでも、ダニエルが元気にしていることさえわかれば充分だ。ベネディクトに受話器を返すと、彼はジェラールと仕事の話を始めた。

ベネディクトが病気であることを思い出してレベッカがベッドの端へにじり寄ると、彼が不可解そうな視線を向けた。

仕事の話であることは確かだった。だが、フィオナ・グリーヴズの名前を耳にして、レベッカははっとした。そうだわ。彼女のことを忘れていた。

「そうですね。そうしましょう。では」ベネディクトはそう言って受話器を置き、彼女のほうへ向き直った。「さあ、続きだ。どこからだったかな?」

「フィオナ・グリーヴズのことなんだけれど」レベッカは抑揚のない声で切りだした。

「彼女が何か?」

「なぜ、あなたの会社で働いているの？」

「もしかして嫉妬しているのかい、レベッカ？　僕とフィオナのことを疑って？」彼は満足そうににやにやしている。

「違うわ」レベッカは真っ赤になった。

ベネディクトは笑った。「嘘だ。顔が赤くなっているよ。フィオナのことはなんでもない。三年前、彼女が訪ねてきて、長年、国外で仕事をしたいのだが心当たりはないだろうかと言った。少々取り乱していてね。学長の愛人という立場に甘んじてきたが、とうとう思いきって別れたというんだ。学長には家庭を壊すつもりはなかったらしい」

レベッカは驚いて目を丸くした。「フィオナがフォスター学長と？」だが、そう言われてみれば、思い当たる節がないわけではない。

ベネディクトは彼女の髪にキスをした。「オックスフォードでそのことを知らなかったのはきみくらいかもしれない。ともあれ、フィオナを気の毒に思って……」言いながらレベッカを抱き寄せる。「伯父に頼んでボルドーのオフィスで働けるようはからってもらった。彼女はよく働いてくれているよ」

「そうなの」レベッカはまだ茫然としていた。

「僕がどれだけきみを愛しているか、まだわからないのかい？　なんであろうと、だれであろうと、二人の間には決して割り込ませない。永遠にだ」

レベッカは固く胸に抱かれて彼の首に腕をまわした。愛と幸福がすみれ色の瞳をきらめかせ、唇を優しくほころばせる。ベネディクトはその美しさに息をのみ、唇を重ねた。

二人がシャワーを浴び、キッチンへ下りてサンドウィッチとシャンパンで夜食をとったときには真夜中になっていた。


ドラムの音を聞いた気がしてレベッカは目を開けた。ベッドの上に起き上がると、ベネディクトが毛布を彼女の胸元に引き寄せた。

「僕以外の者には見せない」笑いまじりのささやきが聞こえ、レベッカが真っ赤になって横を見ると、ベネディクトがヘッドボードにもたれて笑っていた。

「ママ、パパ、見て！　伯父ちゃんがくれたんだ」甲高い声がし、ダニエルが部屋に駆け込んできた。小太鼓を首からさげ、両手に持った小さなスティックを振りまわしている。

「申し訳ありません。一時間前にジェラールさまがお連れになって戻られたのですが、わたしにはお相手しきれなくて」追ってきたミセス・ジェームズが困惑しきった声で説明する間も、ダニエルは得意になって太鼓を打ち鳴らしていた。

「あなたはきっと伯父さまに嫌われてしまったわよ、ベネディクト」レベッカはわざとらしく太鼓からベネディクトへと視線を移した。

「だれに嫌われてもかまうものか。きみにさえ愛されていれば」彼の温かいほほ笑みがレベッカを包む。

ダニエルが太鼓をたたく手をとめた。「僕のことは、パパ？」

ベネディクトは太鼓ごとダニエルを抱き上げ、胸に抱き締めた。瞳に涙がにじんでいる。それを見て、レベッカの最後の疑いは消えた。彼はダニエルのすばらしい父親になってくれるだろう。

「パパとママはいつもお昼までベッドに寝ているの？」ダニエルはベネディクトの腕を抜け出して二人の間に座り、再び太鼓をたたき始めた。

「そういうわけにはいかないな、きみのような息子がいてはね」ベネディクトは息子と妻を一度に抱き寄せ、いかにも幸せそうに笑った。

ミセス・ジェームズはそっと部屋を出た。このぶんでは朝食はやめてブランチにしないといけないわね。彼女はエプロンの端でそっとうれし涙をぬぐった。

●本書は、2002年4月に小社より刊行された作品を文庫化したものです。

# 天使の誘惑

2023年11月1日発行　第1刷

著　者　ジャクリーン・バード

訳　者　柊　羊子（ひいらぎ　ようこ）

発行人　鈴木幸辰

発行所　株式会社ハーパーコリンズ・ジャパン
東京都千代田区大手町1-5-1
03-6269-2883（営業）
0570-008091（読者サービス係）

印刷・製本　中央精版印刷株式会社

定価はカバーに表示してあります。



Printed in Japan © K.K. HarperCollins Japan 2023 ISBN978-4-596-52724-0

## 10月27日発売　ハーレクイン・シリーズ 11月5日刊

### ハーレクイン・ロマンス　　愛の激しさを知る

| | |
|---|---|
| 路地裏で拾われたプリンセス | ロレイン・ホール／中野　恵 訳 |
| 捨てられた花嫁の究極の献身<br>《純潔のシンデレラ》 | ダニー・コリンズ／久保奈緒実 訳 |
| 一夜の夢が覚めたとき<br>《伝説の名作選》 | マヤ・バンクス／庭植奈穂子 訳 |
| 街角のシンデレラ<br>《伝説の名作選》 | リン・グレアム／萩原ちさと 訳 |

### ハーレクイン・イマージュ　　ピュアな思いに満たされる

| | |
|---|---|
| シンデレラの十六年の秘密 | ソフィー・ペンブローク／川合りりこ 訳 |
| 薔薇色の明日<br>《至福の名作選》 | レベッカ・ウインターズ／有森ジュン 訳 |

### ハーレクイン・マスターピース　　世界に愛された作家たち　～永久不滅の銘作コレクション～

| | |
|---|---|
| 目覚めたら恋人同士<br>《特選ペニー・ジョーダン》 | ペニー・ジョーダン／雨宮朱里 訳 |

### ハーレクイン・ヒストリカル・スペシャル　　華やかなりし時代へ誘う

| | |
|---|---|
| 侯爵と雨の淑女と秘密の子 | ダイアン・ガストン／藤倉詩音 訳 |
| 伯爵夫人の出自 | ニコラ・コーニック／田中淑子 訳 |

### ハーレクイン・プレゼンツ作家シリーズ別冊　　魅惑のテーマが光る極上セレクション

| | |
|---|---|
| 愛は一夜だけ | キム・ローレンス／山本翔子 訳 |

## ハーレクイン文庫

### 「禁じられた言葉」
キム・ローレンス／柿原日出子　訳

病で子を産めないデヴラはイタリア大富豪ジャンフランコと結婚。奇跡的に妊娠して喜ぶが、夫から子供は不要と言われていた。子を取るか、夫を取るか、選択を迫られる。

### 「悲しみの館」
ヘレン・ブルックス／駒月雅子　訳

イタリア富豪の御曹司に見初められ結婚した孤児のグレイス。幸せの絶頂で息子を亡くし、さらに夫の浮気が発覚。傷心の中、イギリスへ逃げ帰る。1年後、夫と再会するが…。

### 「身代わりのシンデレラ」
エマ・ダーシー／柿沼摩耶　訳

自動車事故に遭ったジェニーは、同乗して亡くなった友人と取り違えられ、友人の身内のイタリア大富豪ダンテに連れ去られる。彼の狙いを知らぬまま美しく変身すると…？

### 「条件つきの結婚」
リン・グレアム／槙　由子　訳

大富豪セザリオの屋敷で働く父が窃盗に関与したと知って赦しを請うたジェシカは、彼から条件つきの結婚を迫られる。「子作りに同意すれば、2年以内に解放してやろう」

### 「非情なプロポーズ」
キャサリン・スペンサー／春野ひろこ　訳

ステファニーは息子と訪れた避暑地で、10年前に純潔を捧げた元恋人の大富豪マテオと思いがけず再会。実は家族にさえ秘密にしていた──彼が息子の父親であることを！

### 「ハロー、マイ・ラヴ」
ジェシカ・スティール／田村たつ子　訳

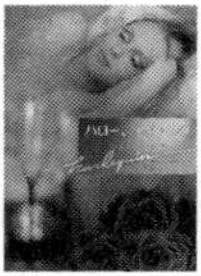

パーティになじめず逃れた寝室で眠り込んだホイットニー。目覚めると隣に肌もあらわな大富豪スローンが！　関係を誤解され婚約破棄となった彼のフィアンセ役を命じられ…。

# ハーレクイン文庫

## 「この夜が終わるまで」

ジェニー・ルーカス／すなみ　翔　訳

元上司で社長のガブリエルと結ばれた翌朝、捨てられたローラ。ある日現れた彼に100万ドルで恋人のふりをしてほしいと頼まれ、彼の子を産んだと言えぬまま承諾する。

## 「あの朝の別れから」

リン・グレアム／中野かれん　訳

2年前、亡き従姉の元恋人、ギリシア富豪レオニダスとの一夜で妊娠したマリベル。音信不通になった彼の子を産み育ててきたが、突然現れた彼に愛なき結婚を強いられ…。

## 「砂の城」

アン・メイザー／奥船　桂　訳

新学期の名簿を確認していた教師アシュレイは、生まれてすぐ引き離された息子の名前を見つけて驚く。さらに息子の父親である大富豪アレインが現れ、彼女に退職を迫る！

## 「炎を消さないで」

ダイアナ・パーマー／皆川孝子　訳

血の繋がらない兄ブレイクと半年ぶりに会ったキャスリン。ドレスがセクシーすぎると叱責され、反発するが、その数時間後、彼に唇を奪われ、衝撃と興奮に身を震わせる！

## 「燃えるアテネ」

ルーシー・モンロー／深山　咲　訳

パイパーは、独身主義のギリシア人富豪ゼフィールに片想い中。ベッドを共にするようになり、「避妊具なしで愛し合いたい」と言われて拒めず、妊娠してしまい…。

## 「遠距離結婚」

シャロン・ケンドリック／大島幸子　訳

仕事に生きがいを感じるタイプの女性が好きな夫と結婚して半年。アレッサンドラは遠距離結婚に耐えていた。妊娠がわかっても、夫に嫌われるのではと喜べず…。